KB003073

3분의 행복

이 책은 실로 꿰매어 제본하는 정통적인 사철 방식으로 만들어졌습니다.
사철 방식으로 제본된 책은 오랫동안 보관해도 손상되지 않습니다.

3분의 행복

깅석호 지음

차례

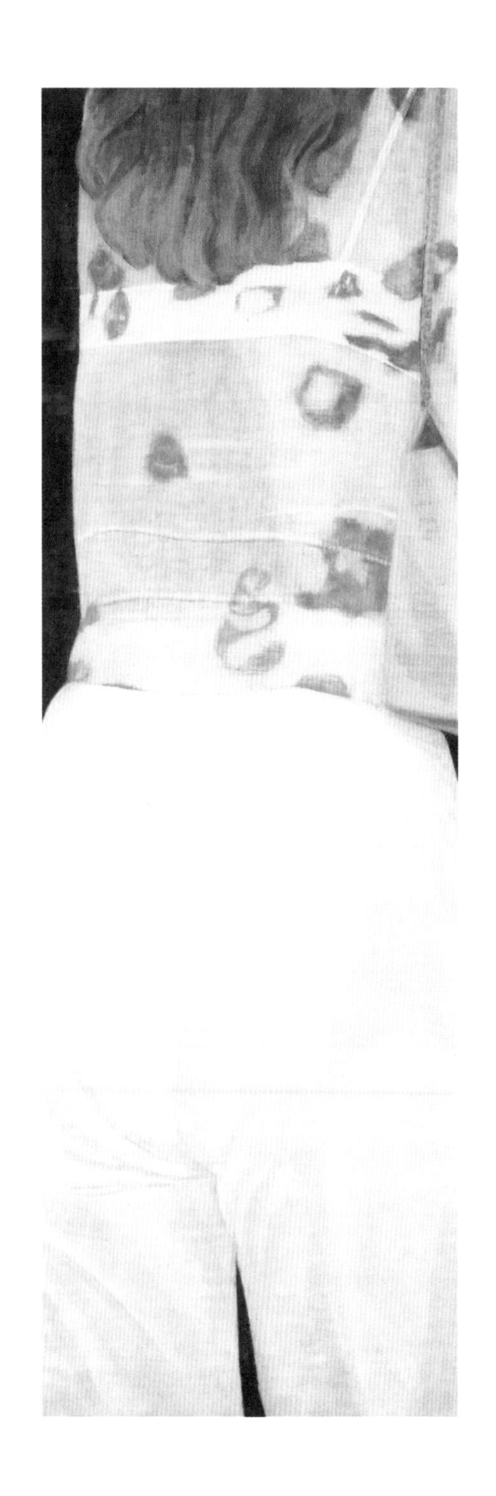

1

취미로 만난 선물

인간은 타자에게 광대이다

어릴 때부터 모든 사물의 냄새를 맡았었어. 오래된 습관은 쉽게 변하지 않은 것 같아. 내가 왜 그러는지 알 수는 없지만 요즘에도 밥 먹으러 식당에 가면 음식에 코를 가까이하고 킁킁거리는 내 모습을 생각하면 좀 웃기긴 해. 아니나 다를까! 엄마한테 경고 아닌 주의를 가끔 받았어. 남이 차려 준 음식에 코를 대고 냄새를 맡으면 예의가 아니라 했지. 근데 오늘도 난, 그 생각이 미치기 전에 반사적으로 반찬 그릇을 들고 킁킁거리고 말았어. 이성적 사고보다 본능에서 기인한 것일까! 강아지들이 사료 냄새를 맡고 고개를 들어 나를 바라보는 모양새가 남 일 같지 않아. 어쨌든 난 냄새만으로 이미 〈맛있음〉을 떠올리고 말았어. 모처럼 밥을 맛있게 싹 비운 후에 한가로이 걷고 있어. 그렇게 덥지도 않고, 미온의 바람도 허리춤을 훑고 지나가고, 빌딩 사이로 보이는 흰 구름이 깊고 푸르른 하늘을 더욱 화창하게 만들고, 나는 걷고, 숨 쉬고, 걷고, 생각하고. 아! 지금만 같으면 모든 것이 좋다는 생각이 깊은숨을 들이켜게 했지. 가슴 저편까지 스며드는 공기 입자에

머리끝이 쭈삣쭈삣 하네. 또한 공기 입자를 무심히 관통한 햇빛이 내 안구를 뚫고 들어올 때면 현실이 된다. 현실에서의 난, 시간과 빛을 두려워한다. 두려움은 나를 멍하게 한다. 그리고 그런 내 모습이 너무나 익숙하다. 익숙하지 못할 때조차 숨을 쉬고 있다는 것에 약간의 어지러움과 지금의 현실에 대해 미안함과 안쓰러움이 있다. 이건 아마도 내 젊은 날의 모습이겠지. 아미 사이로 가로지르는 햇빛이 잡념의 꼬리를 잘랐다. 〈나〉라는 인간은 언제나 그랬듯 햇살이 시원하게 비치는 날이면 약간 정신을 못 차려. 이에 더해서 더욱 발걸음이 가벼운 이유는 〈거기〉에 가는 길이어서 그랬는지 몰라. 얼마나 걸었을까. 어느덧 약속 시간이 다가와서 서둘러 움직이기 시작했어.

지잉, 자동문이 열리자마자 익숙한 냄새가 코를 지극했어. 흐흐읍읍, 큰 들숨으로 공간을 확인한 후에 안쪽 풍경을 둘러봤어. 시야에 들어온 공간은 내 기억과는 달랐어. 생각해 보니 예전에 내가 다녔던 학원은 입시 전문 학원이어서 그랬는지 몰라. 맞아! 내 기억 속의 공간은 음침한 빛이 공간을 잠식했어. 그리고 흑연과 이를 감싸는 나무의 향, 이에 더해서 오래된 사과와 화병 속의 물 냄새가 공간 전체에 배었지. 그 냄새가 얼마나 치밀한지 건물 전체에 가득 차고도 남을 정도였어. 하지만 여긴 이상한 형태를 띤 향기로 가득해. 밋밋하면서 몽실몽실한. 글쎄! 뭔지 몰라도 낯서네. 너무 오래된 기억이라 그럴지도 모르지만 냄새에 관련된 내 기억은 틀린 적이 없어. 아! 암튼 이 공간에 익숙해지려면 시간이 조금은 걸리겠다 싶네. 현실에서의 반복적인 행위가 때론 편안한

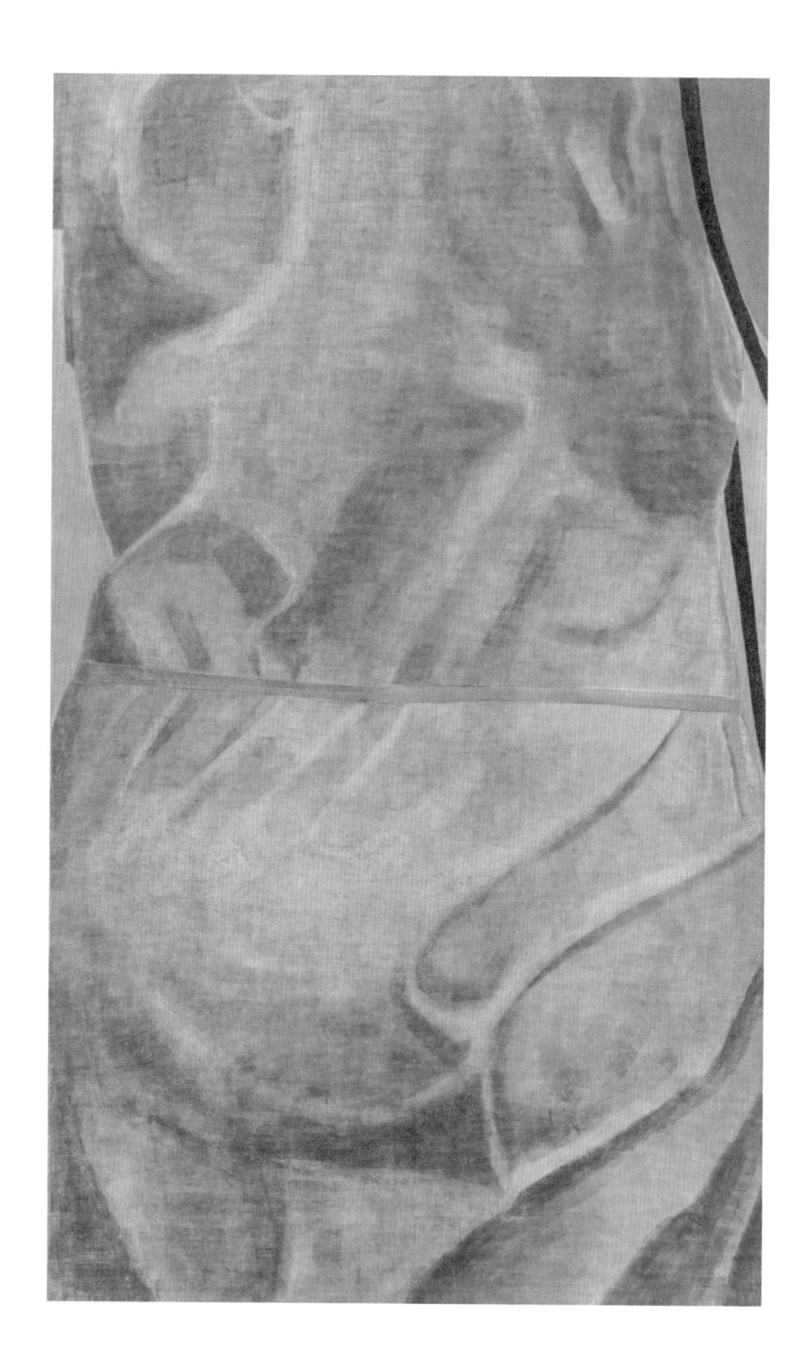

삶의 형식으로 지각되기도 하지만, 어쩌면 근대화와 산업화 속에 만들어진 형식일지도 모른다고 생각하면 지겹다. 지겨워! 근데 무엇이 지겨워졌을까? 그 무엇이 되었던 반복적인 일상에서 내가 제일 먼저 떠올린 것은 〈그림〉에 대한 동경 같은 내 마음속의 미신이야. 그렇게 떠오른 미적 간성 덩어리는 어릴 적 맡았던 엄마의 살 내음을 기억하듯 불쑥 강렬하게 다가왔어. 그리고 또다시 화실이라는 공간의 문 앞에 서기까지 수년의 시간이 흘렀어.

「어떻게 오셨나요?」

나는 잠깐 머뭇거리며 대답했어.

「아까 전화했던 사람이에요.」

「아! 네. 이쪽으로 오세요.」

「네.」

난 그녀를 따라서 안쪽에 위치한 사무실로 갔어. 그녀는 나에게 자리를 권하고 커피 하겠냐고 했고, 나는 잠시 주변을 둘러보느라 순간 대답을 놓쳤지. 암튼 그녀는 말 없이 나가 믹스커피를 가져다줬어. 자리에 앉은 그녀는 학원의 운영 시스템을 설명하며 중간중간 내 표정을 보는 것 같았어. 난 설명을 듣는 내내 고개를 끄덕였지. 그리고 약간의 지루함에 다리를 꼬았어. 그때, 그녀는 나에게 어떻게 오셨냐고 물었어. 이야기의 틈에서 나는 그녀의 말투와 톤의 밝기가 변했음을 알아챘어. 그리고 무엇을 어떻게 대답해야 할지 고민했어. 이 순간을 대비해 몇 가지 대답을 준비해 왔지만, 〈흑〉 하고 실없이 웃어 버렸어. 사실 따지고 보면 난

특별히 할 말도 없었고 거짓으로 부풀려 말하기엔 모든 상황이 귀찮았어. 이런 저런 생각에 어쩌다 내뱉은 말이,

「그림을 그리려고요.」

내가 무슨 말을 한 걸까. 정말 멋대가리 없이 대답하네. 그녀는 일단 학원에 가입하려면 한 달에 네 번씩 세 달 치를 끊어야 한다고 했어. 그러면서 어떤 종류로 할지 묻길래, 예전에 그림을 그려 본 적이 있어서 혹시 자율 작업하면 안 되냐고 묻고 그녀의 표정을 봤지. 약간 곤란한 표정을 짓기에 대답을 잘못했다는 것을 눈치챘지. 작은 소리로 〈유화〉, 〈정물화〉라 했더니 이해한다는 표정을 지으며 이름을 묻더군. 난 미리 준비해 온 호를 말하며 〈백산〉이라 했어. 그리고 곧바로 등록했지. 사실 내가 학원을 몇 년간 찾았던 이유가 집과 직장의 중간이었으면 하는 지리적인 요인도 컸지만, 그거보다 시간을 자유롭게 이용할 수 있는 학원을 찾기 위해서야. 그런데 쉽지 않더라고. 십여 년 전에는 분명 존재했던 기억이 있는데 요즘은 직장인 미술 학원이 늘면서 약간 체계적으로 되었나 봐. 각자 저마다 필요한 지점이 다르지만 지금의 룰에 따라야지 어쩌겠어. 내가 원해서 하는 거니까 말이야. 어쨌든 오늘 내가 가입한 이 학원은 3개월 정도 눈치 있게 하면 자율 시간을 가질 수 있을 것 같더라고. 물론 자율 시간이 평일 오전이어서 나에겐 불가능하지만, 학원 원장 선생님과 친분을 돈독히 해서, 아님 등록비를 조금 더 지불하고라도 늦은 밤이나 새벽에 나와서 작업을 해볼 생각이야. 내가 굳이 타인이 없는 시간에 나오려는 것은 성격 문제도 있지만 그림을 그릴 때

감시당하는 듯한 느낌이 나에겐 무척 고통스럽더라고. 돈이 넉넉하면 개인적인 화실을 가졌겠지만, 동반자, 그리고 두 명의 아이와 같이 생활하는 입장에서 부담이 아닐 수 없지. 그래서 3개월 정도는 학원 분위기도 파악할 겸 매주 금요일 저녁 7시에 나가기로 하고 학원을 나왔어. 건물을 나서려는 순간 빗방울이 내 이마에 닿아 하늘을 쳐다봤어. 도대체 내가 얼마나 오래 학원에 있었던 거지. 분명 여기에 올 땐 날씨가 좋았는데 지금 하늘은 엄청 성이 나 있더라고. 약간은 단발성 소나기다 싶어 건물 1층의 커피숍에 앉아 비가 개기를 기다리기로 했어. 당이 부족했는지 당근 케이크와 카페라테를 주문하고 나서 창가 쪽 자리를 잡고 기다렸어. 멍하니 창밖을 보니 억수로 쏟아지는 비가 도로 위에 물길을 만들었어. 시각적으로 오는 감동에 빗소리마저 시원하니 쿵쾅거리는 심장이 잠잠해졌지. 맞아. 난 학원에 있는 내내 얼굴빛은 붉고 심장은 불규칙적으로 뛰었어. 이제서야 조금 여유가 찾아오는 기분이 드네. 잔잔한 음악 소리도 좋고 말이야. 그렇게 시간이 흘러 서서히 비가 소강상태를 보일 즈음 귓속에 재밌는 이야기가 들리더라고.

「원래 7시부터 수업 아니에요?」

「7시부터인데 외부 출장 나왔다가 좀 일찍 퇴근하고 왔어요.」

「그렇구나. 저는 오늘 저녁에 약속이 있어 3시에 수업하고 집에 가려는 참이에요.」

「아! 그래서 일찍 오셨구나.」

「네. 그렇게 되었어요. 근데 직장 생활을 하면서 그림 그리시는

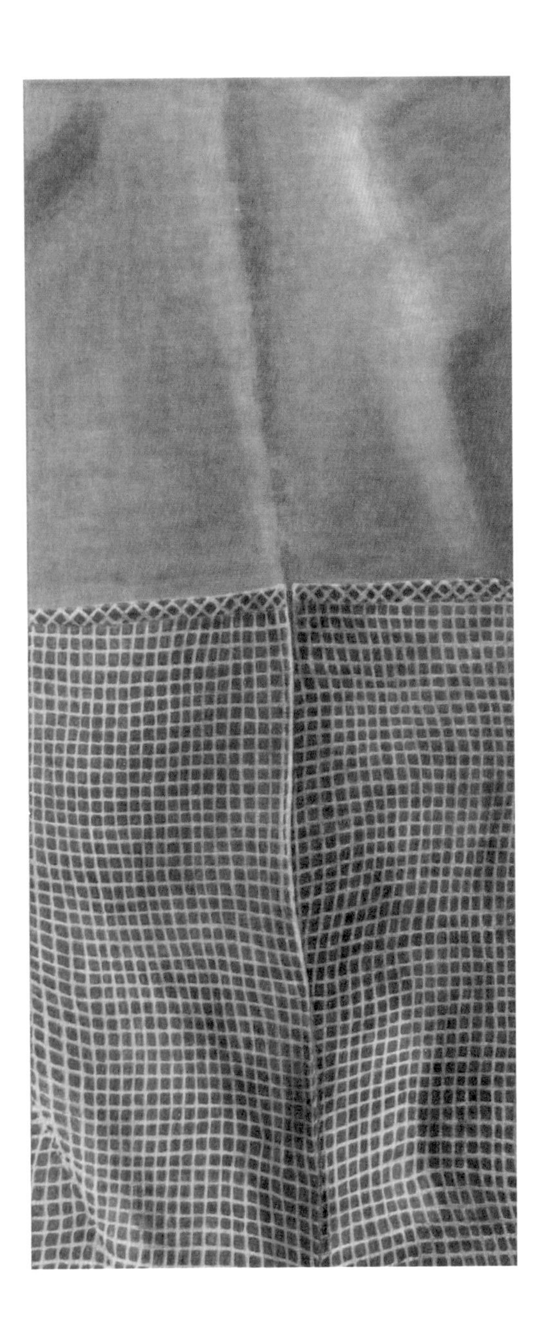

것 보면 대단한 것 같아요. 그림도 너무 좋고요. 저는 애들 학교와 학원 보내는 것만으로도 벅찬데 말이에요」

「아니에요. 저보다 주희 씨의 그림이 화사하고 너무 좋아요.」

「그냥 사진 보고 열심히 따라 그리는 거예요. 성훈 씨도 잘 알지만 선생님 도움 없이는 그림이 되지 않잖아요. 정말 선생님이 그리는 것을 보면 너무 신기해요. 붓으로 몇 번 툭툭 바르면 입체감이 스윽 올라오잖아요.」

「맞아요. 근데 그것도 어느 정도 실력이 돼야 가능하지 저는 이미 형태가 엉망이라 선생님이 약간 곤란해하시는 것 같아요. 그래서 잠시 고민해 봤는데 개인 교습받을 생각을 하고 있어요.」

「그래요? 그럼 저도 할까!」

「잘 그리시는데! 얼마나 더 잘하시려고요. 제가 보기엔 박 선생보다 더 잘하시는 것 같아요.」

선생님에게 들은 학원 소개보다 몰래 엿듣는 그들의 얘기에서 더 많은 정보를 알게 되었어. 물론 선생님에게 전해 들은 학원 소개와는 내용적인 측면에서 아주 다르지만 어쩌면 정작 중요한 것은 학원생과 선생님들의 전반적인 분위기가 아닐까! 몰래 엿듣는 행위에 약간의 미안함과 긴장감, 설렘이 동시에 들었지만 〈궁금증〉 그것만으로 모든 신경을 그들의 대화에 집중해야 했어. 사실 그들은 작업에 관한 대화보단 화실 원장님이 성형했는지 미혼인지를 궁금해했고, 다양한 직업을 가진 학원생의 신분, 뭐랄까! 암튼 화실에서의 커뮤니티를 매우 중요시하는 듯한 기분이 들더라고. 그들이 왜 수많은 취미 생활 중 그림이라는

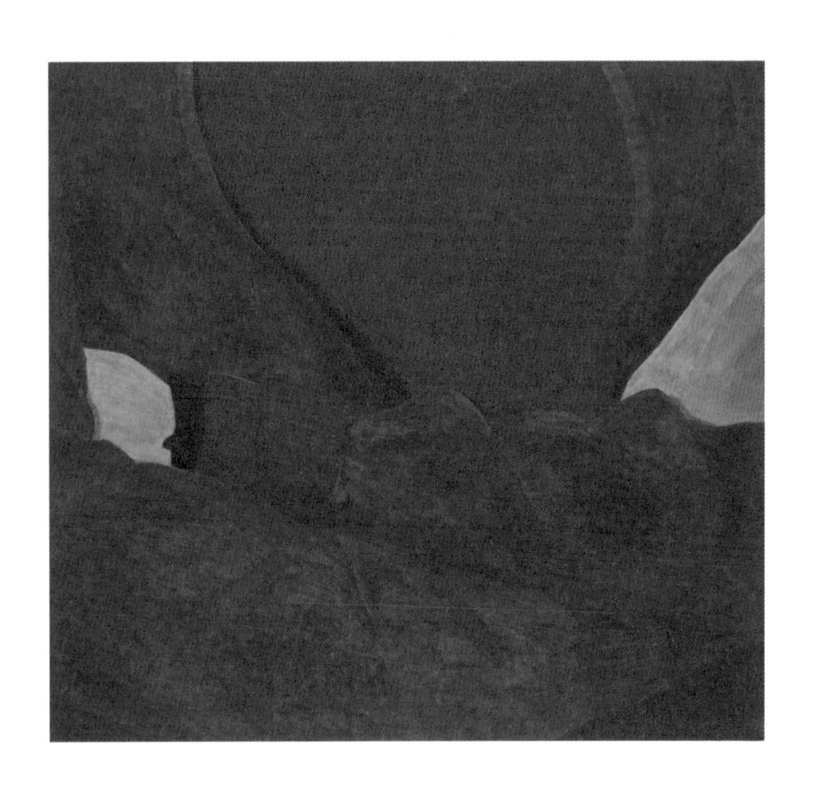

장르를 선택했는지 알 수는 없지만 그림을 그린다는 행위보단 단순한 취미 생활 혹은 심적인 변화에서 오는 불가피한 선택, 어쨌든 다양한 에피소드가 있겠지만, 아마도 사람에 대한 그리움, 소외받지 않으려는 성향이 가장 큰 비중을 차지하는 것 같더라고. 그러기 위해 그들은 타인을 통해 자신을 확인받으려 하는 것 같아. 당연히 그림이 모든 현상의 매개가 되겠지만 아닐 수도 있겠다는 생각도 문득 들었어. 사실 내가 제일 궁금했던 것은 선생님들의 성향이야. 당연히 학원을 알아보면서 대략적인 것은 파악했지만 개인의 성품까지는 알 수 없잖아. 엿듣는 와중에 선생님이 다섯 명에서 네 명으로 축소되었다는 것도 알게 되었고 그들 모두 나름 그 세계에선 유명한 화가라는 것, 상도 많이 타고, 개인전도 수차례 했다니 대단한 것 같아. 그리고 선생님들에 관한 얘기를 듣고 제일 맘에 들었던 점은 그들의 사생활과 학원 일이 분리되어 있다는 거야. 난 평소에도 대인 관계에 있어 가깝지도 멀지도 않은 거리를 선호하는 편이거든. 경험적으로 첫 번째 직장을 다니면서 제일 어려웠던 것이 일 자체보단 사람을 대하는 나의 태도에 스스로 실망하고 심리적으로 위축된 하루하루를 반복하며 지냈거든. 이제 어느 정도 나이도 먹고 넓은 책상에 덜렁 혼자 있다 보니 사람과 마주하는 일이 점점 희미해지고, 또한 혼자가 되는 시간의 폭이 넓어지면서 이전과 다르게 약간의 우울감이 생기더라고. 하지만 지금 카페에서 학원의 일을 엿듣고 있는 내 모습, 거울을 통해서 얼굴을 확인할 수 없지만 젊을 때의 모습처럼 생기가 있을 것 같아. 아! 갑자기 그림을 그리고 싶네.

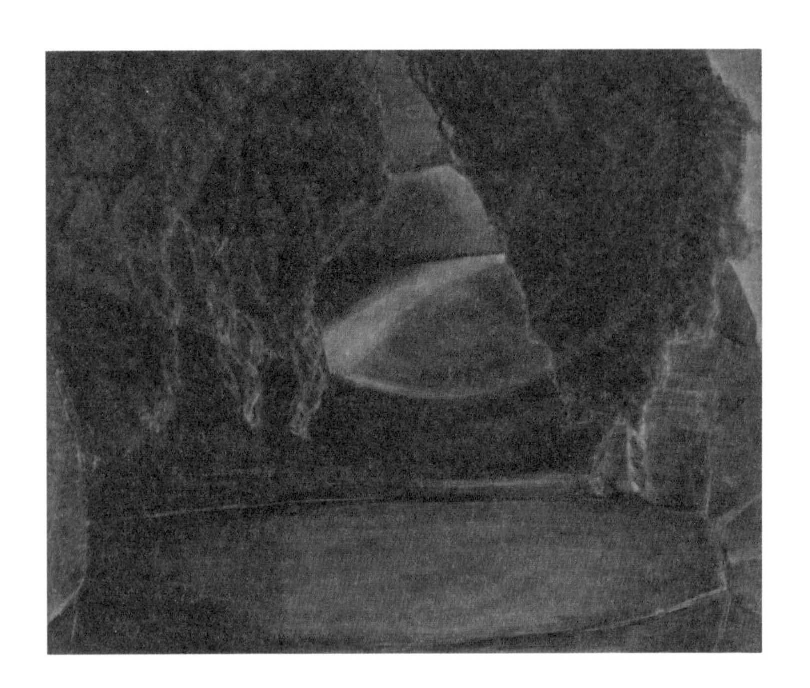

도대체 넌 뭐냐! 정말 해도 해도 끝이 없는 대상, 그것에 다가가려는 마음, 마치 첫사랑을 다시 시작하는 것 같아. 단 한 번도 나에게 기회를 주지 않고 다가가면 갈수록 점점 멀어지는 듯한 기분이 때론 지치고, 기분 나쁘고, 힘들지만 〈보는 행위〉, 그 자체만으로, 그렇게, 그렇게, 나는 빠져나올 수 없는 출구에 들어서고 말았어. 아! 도무지 난, 생각이라는 것을 할 수 없을 정도로 작은 인간으로 축소되는 기분이 현실적으로 다가왔어. 이것이 나의 실체인가! 하는 고민의 끝에 그동안 끊었던 담배를 다시 피우고 말았지. 난 단지 모든 사물, 즉 대상은 빛에 반응하는 색으로 구성되어 있다고 확신했었는데 어디서부터 잘못되었는지를 알 수가 없어. 모든 것을 다시 시작할 용기조차 없는 난, 지금에 와서 전시를 물릴 수도 없고. 정말 대략 난감이란 말을 이럴 때 사용하는가 싶어. 사실인즉슨 그림을 그리다 보니 약간의 욕심이랄까! 아님 학원의 분위기랄까! 갤러리를 통해서 작업을 발표할 기회를 준다기에 덥석 약속했지 뭐야. 거의 모든 학원생이 격년으로 개인전을 하고 작업도 솔솔이 팔리는 걸 보니 욕심이 생기더라고. 더구나 내가 학교 다닐 때 미술을 했었다는 것을 동료들이 알게 된 순간 모든 일이 일사천리로 진행되고 말았어. 뭔 말이냐고. 예를 들어, 내 〈호〉를 만들어 〈전각〉으로 파고 화가로 활동할 영문 이름도 짓고, 명함도 만들고 그것을 지인들에게 나누어 주면서 하루하루 즐겁고 으쓱한 마음으로 다녔어. 심지어 취미 미술 학원 다닌다는 것을 아내에게도 말도 안

하고 다녔는데, 입이 방정이지 지금은 주변의 모든 지인이 다 알아버렸어. 정말 내가 작가가 된다고 착각이라도 한 걸까! 맞아. 새 캔버스에 젯소를 바를 때, 정말 작가가 되는 것 같은 앞선 마음이 들더라고. 마치 가슴 한편에 불구덩이를 숨겨 놓은 듯이 뜨거웠어. 그렇게 유화 물감 냄새도 제대로 맡아 보기도 전에 전시장과 계약을 해버렸으니 철두철미하게 살아왔다고 스스로 생각하는 내 인생이 뭔가 싫어. 지금에 와서 돌이켜 보면 무슨 호기였는지 몰라. 단지 학창 시절에 미술을 했다는 이유로 말이야. 맞아! 괜한 자신감으로 인한 판단력의 오류라 생각돼. 하지만 시작한 지 두 달이 채 안 된 시점에 난 〈나〉라는 인간의 태도를 다시 한번 눈여겨봐야만 했어. 난 단지 또래의 친구들보다 묘사력이 뛰어나서 미술을 한 것뿐이었어. 당시엔 종이 위에 펼쳐진 연필과 지우개의 흔적이 세상의 전부라 착각할 정도였으니, 하지만 그것이 진짜가 아니었다는 것을 30년이 지난 취미 미술 학원에서 새삼 느끼고 있다는 사실에 뭐라 말해야 할지, 크크. 그 사실을 30년이 지나서야 알았으니 말이야. 어제와 같이 학원에 와서 멍하니 이젤 앞에 앉아 대상을 보고 있어. 그렇게 인위적으로 대상을 표현하지 말자 해놓고선 이젤 앞에 앉기만 하면 뭐가 그리 급한지 보이는 대로 색을 칠하고, 물감이 건조되기도 전에 다시 색을 칠하고, 후회하고, 지우고, 덮고, 그러니 원하는 색감이 보여질 리가 없지. 난 지금도 그냥 계속 같은 행위를 반복하고, 그런 내 모습을 상기해 보니 자존감이 바닥을 치더라. 왜 작가들이 그토록 오랫동안 작업과 씨름하는지 이제야 이해되는 것 같아. 아!

정말 얼마 만에 무언가를 집중을 해봤었나! 그것만으로 무척 고무되고 나쁘진 않지만 가슴이 이토록 먹먹하고 답답할 줄 상상도 못 했어. 어쨌든 난 지금 좌대 위에 놓인 사물을 멍하니 보고 있어. 그리고 보이는 대로 색을 바르고 있지. 그래. 그게 다야. 근데 그러면 안 된다는 것도 직감적으론 알지. 그리고 그다음은 마치 나에게 존재하지 않은 것이라 여기고 생각마저 거부하는 강한 기운이 내 중심에 버티고 있어. 뭐, 그냥 어떻게 해야 할지 모른다는 거야. 재밌는 건, 동료들은 내 그림이 그렇게 이상하진 않다 해. 선생들도 형태나 시점, 그리고 그림자를 봐주기는 하지만 작업은 좋다고 하니, 문젠 내 생각이 그들과 다르다는 거지. 정말 대책이 없는 걸까? 그냥 어디서 본 듯한 이미지만 그려 대고 있으니, 동료들과 술 한잔하면서 그림 얘기와 정보를 괜히 공유했다 싶어. 선생들은 내가 이런저런 고민을 하니 도록을 펼쳐 보여 주면, 다음 날 내 그림은 정말 조잡하고 답답한 색감으로 뒤덮여 〈나 뭐 하니!〉를 반문하기 수십 번. 이걸 좋다고 말해야 하나, 싫다고 말해야 하나. 정말 어렵다. 그리고 눈을 감자.*

* 강혜수, 노은주, 문세린, 박지무의 4인전《귀거나 꼬리Ears or Tail》연계 오디오 텍스트 「낭독을 위한 네 개의 글」을 위해 작성된 원고, 청파로49길 12-5, 2020.

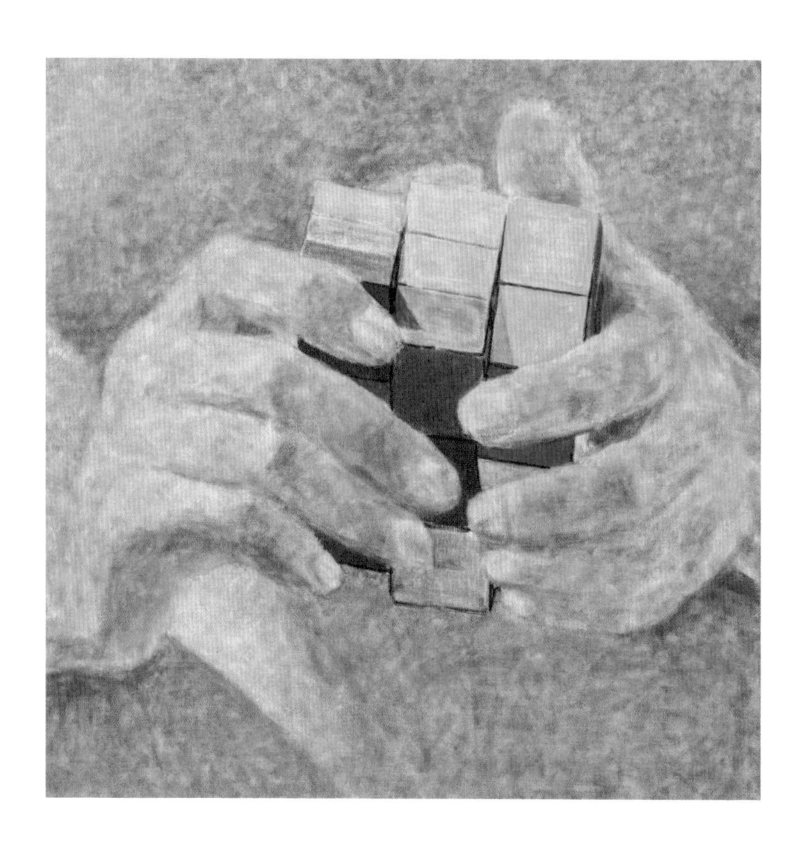

2
그리는 순서

잠을 자고 일어나니 낮이 다 되어 있었다. 잠에서 깨어 밖으로 나와 걷는데도 계속 그 잠에 대해 생각하게 되자 잠이 무엇보다 현실적이었다. 땅을 딛고 걸음을 걷고 있는 두 다리가 움직이는 감각보다도. 현실감을 떠올린 것은 꿈을 꿨기 때문이기도 하다. 그렇지만 누구에게도 꿈에 대해서는 잘 말하지 않게 되고 그 내용에 대해서 그렇게 곱씹어 보지 않는다. 그리고 꿈을 그렇게까지 신기해하지도 않는다. 그냥 꿈을 꿨다는 사실을 내가 안다. 경험한 사실을 오직 〈동사〉로만 써보라는 어떤 작가의 글쓰기 연습 조언을 한참이나 잊고 있다가도 늘 염두에 두던 것처럼 떠올려 꿈에 대한 첨언 없이(꿈을 꾼 내가 꿈을 다시 보려는 태도 없이) 그 어느 때보다 충실한 꿈속의 일인칭으로 내용만 써둔다. 그리고 외부에 휘둘리고 신경이 쓰일 때 극단적으로 둔감한 상태인 나를 상정하여 뇌를 속이는 연습을 하고 그 효과로 돌연 지나친 연결 고리를 해석하지 않게 되는 것처럼, 꿈이 어떤 작용이고 하필 그런 꿈을 꾸는 것인지, 꿈 전후의 무엇과도 연결시켜 보지 않는다. 꿈은 그렇게 가장

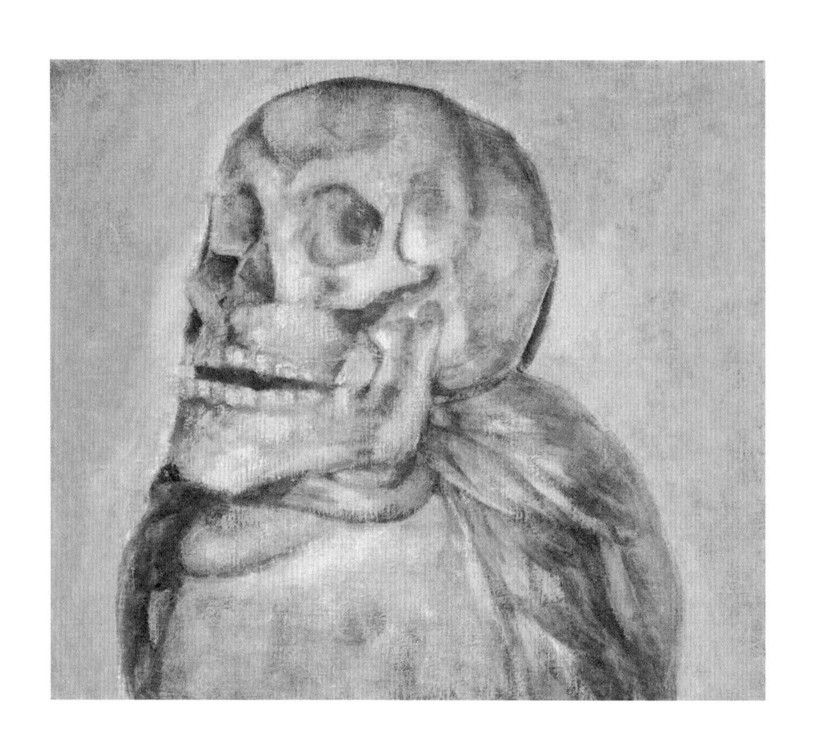

군더더기 없이 명료한 나의 일이다.

감정적으로 만들고 보이는 것에만 집중하게 하면서도 문득 혼자 있을 때 그 내부를 상상하게 만드는 작품을 보면 작가의 생각을 짐작해 보거나 질문을 만든다. 그와 동시에 작가의 무언가를 이 작품에 대한 경험으로 끌어와 동일시하고 싶지 않기도 하다. 간단한 힌트 정도로 작가의 말을 찾으면 꿈을 대상으로 작업했다거나 꿈의 영향에 대해 말하는 텍스트를 마주치기도 한다. 그때 문득 누군가와 함께 꿈에 대해 말하는 상황은 늘 낯설었던 것 같은 기억이 떠오른다. 거기에 작업과 꿈을 같이 언급하니 다 묘연해진다. 자기 꿈 이야기는 남에게 전달될까? 발설하는 동시에 표현이 자기를 속이는지도 모른 채, 그 진위 여부를 스스로 알려고 하지 않는 한 영원히 자기에게만 완전한, 어떠한 인식의 지지대조차 없는 경험이 어떻게 사실의 현현(작품)과 관계를 형성할 수 있지? 꿈은 그냥 현실인데.

꿈이 작업이 되는 과정을 상상하고 싶지 않다.

꿈이 꿈이라고 말하는 것이 들려 오면 아쉽다. 〈꿈〉을 쓰지 않고 꿈 주변을 불확실하게 그냥 둬버리면 가장 드문 현실 하나가 생긴다. 꿈에 대한 말이 신비로운 이야기가 아니었으면. 그렇게 〈꿈〉을 발음하기 싫으면 꿈 대신 다른 말을 찾아 꿈이라는 말을 쓰지 않음에도 그것이 꿈 그 자체에 관한 이야기일 수 있게 말해 보라고 또 다른 사람이 말했다.

무언가를 이루지 않아 가능성의 상태에 있는 순간을 내보이기, 그것이 지나가는 모습을 잊지 않고, 과정을 과정이라고 치부하지 않으면서도 비대해지도록 방치해 다른 이름처럼 보이지 않게, 그리기, 말로 하는 이 부분들에 포함시키지 않은 표현을 표현하고, 그리기, 표현을 그리기.

지금은 얇게 썬 레몬 조각이 물 위에 떠 있는 모양을 가장 잘 보이는 〈표현 하나〉로 그리고 있다. 보지 않고도 그릴 수 있는 레몬 모양 아이콘을 머릿속으로 좇아 그린다. 보고 좇아 그릴 때의 확신과는 별개로 누가 봐도 레몬처럼 보이게 그려진다. 이 레몬을 완성하려면 몇 개나 되는 레몬의 모습을 잊어야 한다. 그러면 레몬을 그리려고 한 것이 아니었던 처음이 지금 드러나고 그게 왜 레몬인지 질문하지 않은 표현을 자신에게로 비춘다. 레몬과 표현이 겹쳐 있다.

3
선물

1. 별다른 의미 없이 내게 건네준 물건은 원자력 손목시계였다. 그는 나에게 시계를 주면서 절대 멈추지 않은 시계라고 말했다. 난 그 시계를 받아 들고 기뻐하면서 동시에 이상하다고 생각했다. 초등학생이었던 난 그게 뭔지 잘은 알 수 없었지만 그래도 자꾸 떠오를 수밖에 없는 원자력 시계에 대한 의구심은 내 의지와는 별 상관없이 밀려 들어왔다. 그래도 난 그 손목시계를 차고 돌아다니면서 친구들에게 자랑을 했었던 것 같다. 친구들도 내가 자랑하면서 내뱉은 원자력 시계라는 것과 배터리 없이 작동하는 기계라는 말에 그들은 이상한 표정과 믿을 수 없다는 눈빛을 내게 고스란히 전했지만 난 이내 모르는 체하며 장난을 쳤었던 것 같다. 그 일이 있은 후 얼마 지나지 않아서 그 시계에 대한 퍼즐은 쉽게, 아니 그것보다 우연히 맞추어졌다. 학교에서 돌아오는 버스 안에서 나와 똑같은 시계를 들고 장사하는 이를 보고 난 손목에 차고 있는 시계를 쳐다보았다. 그때 2천 원이라고 소리치는 그 소리가 너무나 또렷이 들렸다. 가격이 얼마였었는지 그렇게 중요하지 않았지만 2천 원짜리 원자력 시계, 당시 난 그 돈으로

이것을 어떻게 만들었을까라고 고민하는 자신을 바보 같다고 생각했다. 그리고 그것은 내 책상 서랍 속에 들어갔다.

2. 메이커라는 단어조차 흔치 않던 그때 내가 주로 입고 다니는 바지는 이경시장 길가 건너에서 수선 겸 옷을 만들어 파는 아주머니에 의해서 만들어진 청바지다. 난 그 바지가 낡아 더 이상 입을 수 없게 되면 엄마랑 같이 그 수선집에 가서 청바지를 사 오곤 했었다. 어떻게 보면 맞춤옷인데 그래도 소량 생산된 기성복에 가까웠다. 아마도 그땐 그런 방식이 더 실용적이며 보편적이었던 모양이다. 물론 좀 더 큰 광장시장이나 도깨비시장에 가서 나름 유행하는 아동복을 구경하러 같이 간 적도 종종 있었지만 내 기억에는 그 수선집의 옷이 더 편하고 유니크했었던 것 같았다. 그러다 멀리 떨어진 중학교에 들어가게 된 나는 처음으로 흔히 말하는 이름을 가진 바지를 사 입게 되었는데, 그땐 왜 그런 선택을 했었는지 이유를 알 수 없지만, 밝으면서 붉은 벽돌색 면바지를 사 들고 집에 들어왔다. 한참 동안 그 옷을 바라보면서 이런 것을 어떻게 입을 수 있을까 고민을 했었다. 그와 동시에 청바지와 면바지를 번갈아 입어 보면서 감촉이 부드러운 면바지에 대한 생경함과 그 색에 어색해하던 내 모습은 지금의 내 모습과 별반 달라지지 않은 것 같다. 그리고 이런 나의 어색한 표정을 다른 사람이 어떻게 바라볼지 신경이 쓰였다. 아마도 내가 처음으로 다른 이의 시선을 의식한 행위가 아닐까 기억된다. 물론 그런 적은 그전에도 몇 번 있었겠지만, 이 동네가 아닌 낯선 곳에서 부딪히는

경험은 이내 내 혀를 굳게 만들어 버렸다.

3. 내 앞에 존재하는 사물을 옮기는 행위는 무엇인가! 그 행위라는 과정의 결과로 파생되어진 흔적이 이미지라면 난 그것을 어떻게 인식해야 하는가! 그 이미지가 제시하는 과정 속에서 재료와 형식에 대한 나의 독백은 감정의 언저리에 걸쳐져 있는 작은 파편들에 대한 새로운 조합의 가능성일지도 모른다. 하지만 가능성을 건너뛴 형식적인 표현은 새로운 이미지로 변화되기를 부끄러워하고 있었다.

4. 옆구리가 뜯어진 옷을 꿰매려 반짇고리를 찾다가 우연히 세 통의 편지를 봤다. 그건 20여 년 전 내가 부모님에게 보낸 편지들이었다. 내가 보낸 글을 읽으시며 당신들이 지었던 표정이 내 머릿속에 자연스레 그려졌다. 난 잠시 그때로 돌아가 그들 앞에 마주 섰다. 그리고 그들 얼굴의 움직임을 살피고 동시에 나는 조금은 미안하고 창피한 표정을 어색하게 지었다. 내가 그들에 대해 생각했던 마음과 시간이 그대로 겹쳐져 지금에 와 있지만, 난 무엇이 어떻게 변해 왔는지 아직은 잘 모르겠다. 아무튼 난 옷을 어설프게나마 꿰매 놓고선 차갑지만 아늑한 벽에 걸어 놓았다. 사실 난 그 재킷을 보자마자 내 작업복으로 정말 잘 어울릴 거라 생각했었다. 하지만 그것은 벽에 걸려 있는 채 여름을 보냈다. 난 그것을 보기만 할 뿐 한 번도 안 걸쳐 본 것은 단지 거기가 더워서였다. 그리고 가을이 지나도록 매일 그곳을 쳐다보고

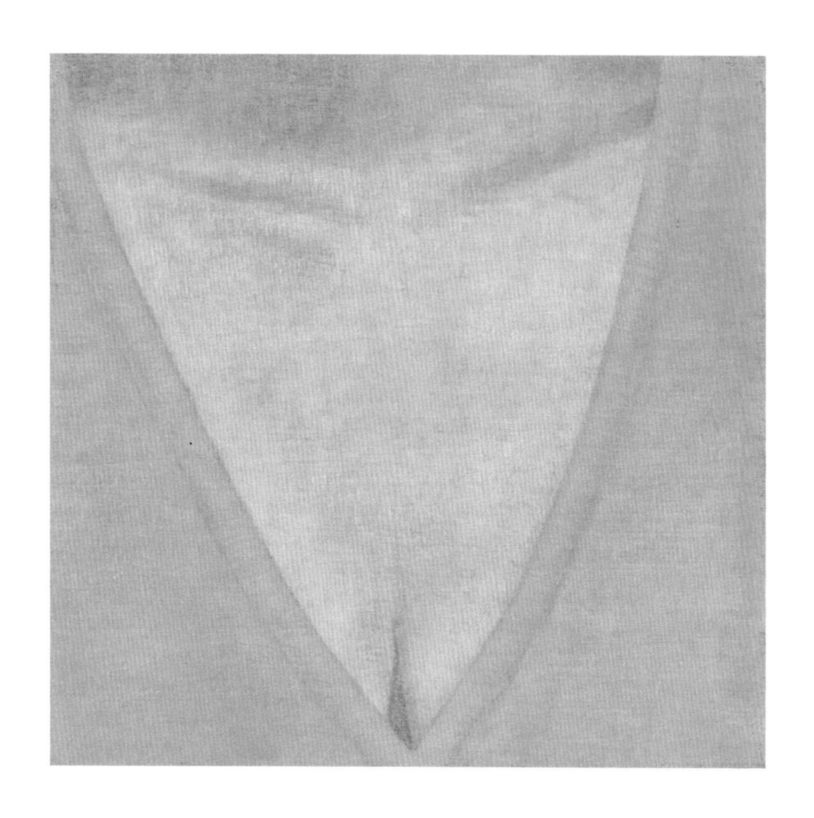

있었지만 난 그 옷을 입어 보려 하지 않았다. 왜냐하면 그냥 입고 있던 작업복이 있어 필요하지 않았다. 아직도 벽에 걸려 있는 사물은 한겨울 즈음해선 더 이상 작업복이 아니었다. 내 의지와는 별 상관없이 벽에 붙어 있는 재킷은 나에게 본다는 것의 〈다름〉의 가능성을 가능한 것으로 만들어 주었다.

5. 본다는 행위의 방식이 소진되었을 때 비로소 다른 형식의 바라보기가 조금씩 고개를 내밀고 있었다. 그러한 가능성을 자발적인 방법으로 받아들이려 할 때, 본인에게 얼마나 부끄러웠는지 모른다. 반복이 일상이 될 때 내용, 형식뿐 아니라 간격의 차이마저 거부당했다. 그렇게 모든 것이 아무것도 아니게 되는 순간 서서히 인칭은 소멸되어져 가고, 얼어붙은 동공 저편엔 그토록 슬펐지만 아름다운 먹먹함을 나에게 선물한 영화의 마지막 장면이 흐릿하게 남겨져 있다.

6. 〈눈 덮인 어느 겨울날 한 여인이 초원사진관을 마주하며 서 있다. 잠시 후 그녀는 윈도우 가까이 다가가 진열된 사진을 바라본다. 본인의 모습이 담긴 흑백사진을 마주한 그녀는 조용한 웃음을 누군가에게 지어 보인다.〉*

* 개인전《강석호》를 위한 글, 스페이스 비엠, 2016.

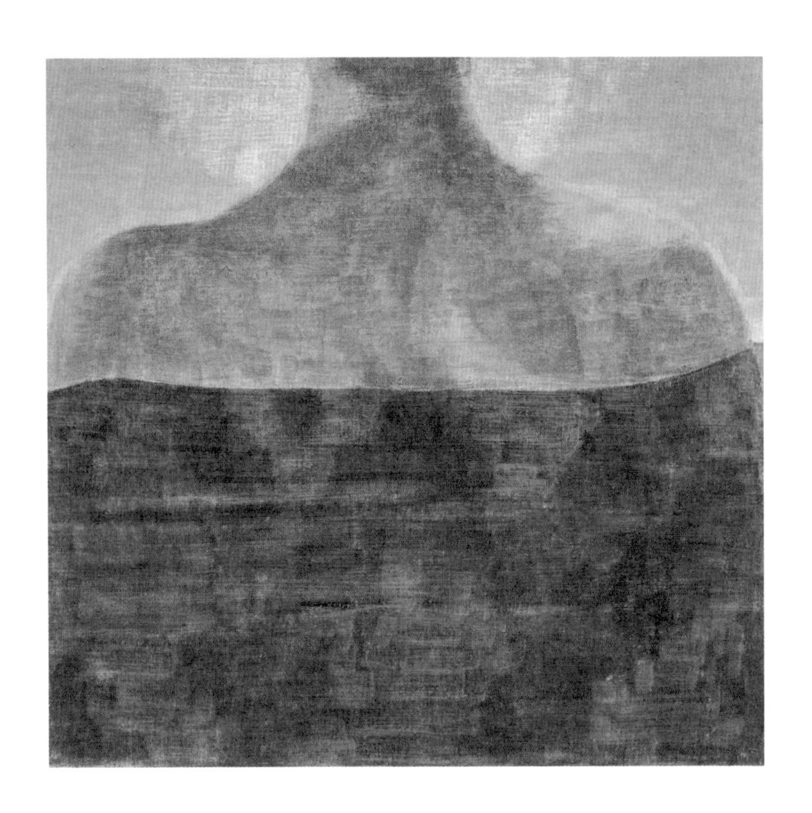

4
망각된 사물의 기억

만남 1

어느덧 작업실에 들어온 나는 편한 안락의자에 앉아서 전기난로를 가만히 바라본다. 그 빛을 바라보면서 이것은 몇 와트일까 궁금해한다. 하지만 난 자세한 세부 사항은 알지 못한다. 처음 살 때 1,000~1,500와트라고 표기된 것을 확인한 기억이 어렴풋하게 들지만, 그 기억이 내 전기난로에 대한 기억인지 다른 친구의 작업실에서 본 전기난로의 와트 표기인지 잘 모르겠다. 어느덧 금세 빛이 닿는 부분이 따뜻해진다. 그러한 주홍빛을 지켜보고 있으니 몸에서 온기가 서서히 번지는 것만 같다. 멍하니 빛 바라보기를 한 시간 남짓하니 나의 눈 초점이 점차 흐려져 사물을 제대로 알아볼 수 없게 되었다. 이렇게 태양 빛과 비슷하다고 쓰여 있는 난로의 빛을 멍하니 바라보고 있다가 문득, 구스타프 페히너Gustav Fechner가 태양을 관찰하기 위해서 매일 태양을 바라보았다는 문장이 떠올랐다. 내가 그 분야를 잘 알지 못해서 섣불리 뭐라고 하진 못하겠지만 그도 지금의 나처럼 〈잔상〉을

경험했었거나 눈의 흐릿함과 뻣뻣함을 느꼈을 것이다. 그건 〈눈〉과 〈태양〉의 날카로운 대칭으로부터, 〈보려는 욕망〉과 〈보는 이의 됨됨이〉가 마치 〈잔상〉이라는 효과로 귀결되어 보이는 것일 것이다. 나에게 있어 그 경험은 사물이 흐릿해지는 시각 효과의 재미보단 그 뒤에 다가올 아픔에 대한 두려움이 나를 더욱 초라하게 만들었다. 내가 바라보는 난로 너머의 누런 합판 벽엔 아직도 잔상의 흔적이 그려져 있다. 뿌연 눈을 수차례 비비고 급기야 오른편 눈에 눈약 몇 방울을 흘려 보낸다. 눈약 넣는 것을 거북해하는 난 항상 눈약을 미간 사이로 흘려 보내는 방식으로 안구를 적신다. 얼마의 시간이 흐른 후 주변을 차근히 둘러본다. 작업실 창문 너머로 남산이 보인다. 그 위에 버젓이 서 있는 남산타워가 주변의 공기보다 더 무섭게 보이는 것을 보니 해가 산등선 위로 비스듬히 누웠나 보다. 난 더 어두워지기 전에 서둘러 등산화로 갈아 신고 방을 나선다. 오늘도 한발 한발 걸음을 재촉한다. 하지만 눈에 감춰진 빙판은 나를 조심스럽게 만들어 주었다. 오늘도 여느 때와 같이 남산 산책로로 들어선다. 며칠 동안 눈이 계속 와서 그런지, 보통의 경우 쉼터는 항상 정갈한 빗질로 땅이 다듬어져 있었는데, 오늘은 온통 새하얀 눈으로 뒤덮여 있다. 간간이 발자국이 보이긴 하지만 점점 산길로 접어들수록 산속엔 마치 인적이 전혀 없었던 냥 온통 새하얗기만 하다. 그런 하얀빛은 사물의 경계조차 하얗게 물들여, 온 산의 나무들이 더욱 가냘프고 병들어 보인다. 내가 걸으면서 내는 눈 밟는 소리마저 내 귀에 거슬렸다. 집 앞 문을 열고 밟는 눈의 자극과 소리는 나에게

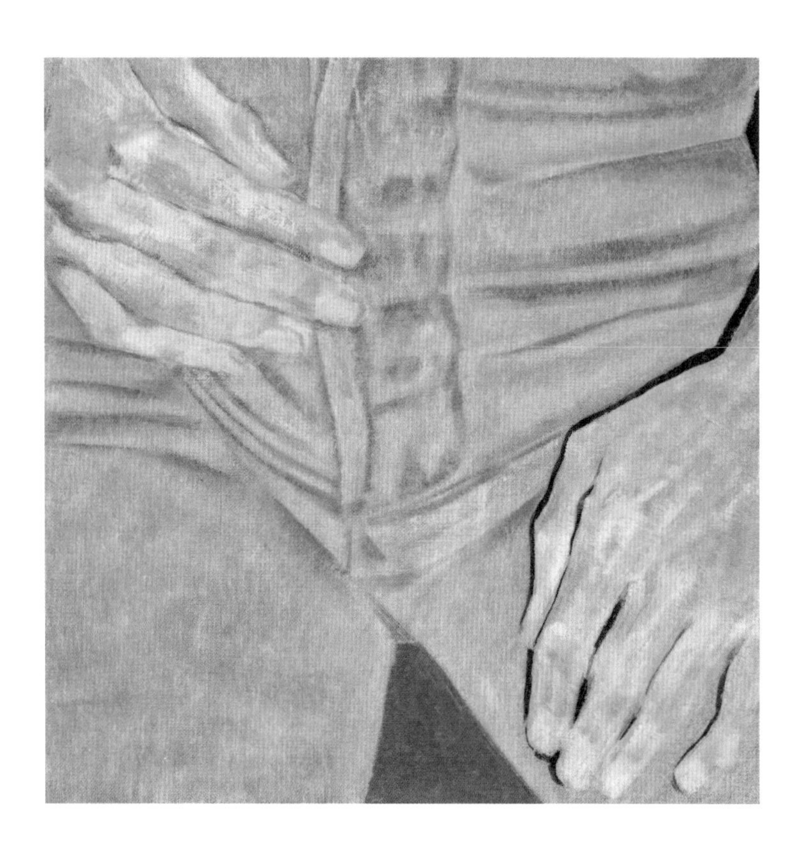

〈시작〉이라는 단어와 같이 설렘을 주지만, 지금 이곳은 걸음을 옮길수록 점점 고립되어지는 것 같은 기분이 든다.

얼마나 걸었을까! 멀리서 알 만한 이가 다가오는 모습이 흐릿하게 보인다. 이미 해의 기운이 사라진 지금 그의 모습이 다른 사물들과 비슷한 계조를 띄기에 생김새가 뚜렷하게 보이진 않지만, 그래도 난 그가 누구인지 단박에 알아챌 수가 있었다. 작은 몸짓에 약간은 짧고 꼭 끼는 듯한 검정 청바지를 입고 있었으며 본인의 체구보다 두세 치수가 커 보이는 재킷을 걸치고 있는 그는, 나에게 무언가의 말을 하고 있는 듯하다. 아무리 주변이 조용하다고 해도 약간의 거리가 있어서 그런지 잘 알아들을 수는 없었다.

난 그와 처음 만났을 때를 기억한다. 그때도 난 그를 처음 보자마자 누구인지를 알아봤다. 그땐 그 교실에서 작업하는 동양인이 그밖에 없었고, 그 동양인이 누구라는 설명을 들었던 터였다. 그래서 난 그를 쉽게 알 수가 있었다. 그리고 성큼 다가가서 인사를 아무렇지 않게 했었다. 그때 그는 나를 바라보며 〈앤 누구지?〉 하면서도 금방 반갑게 여러 얘기를 아무렇지 않다는 듯이 들려주었다. 특별히 물어본 것 같지 않은데, 그는 많은 얘기를 들려주었다. 그는 그만큼 친절했었다. 그땐 그렇게 생각했었다. 암튼 그 후로 지금까지 항상 아무렇지 않게 대해 주었고, 난 그런 그가 부담스럽지 않고 불편하지도 않았다. 그런데 난 지금 그와 이곳에서 다시 마주했다. 그리고 마치 예전에 그를 처음 봤을 때와 엇비슷한 감정이 느껴졌다. 그래서인지 몰라도 난 예전과 똑같이 성큼성큼 다가가 그에게 말을 건넸다.

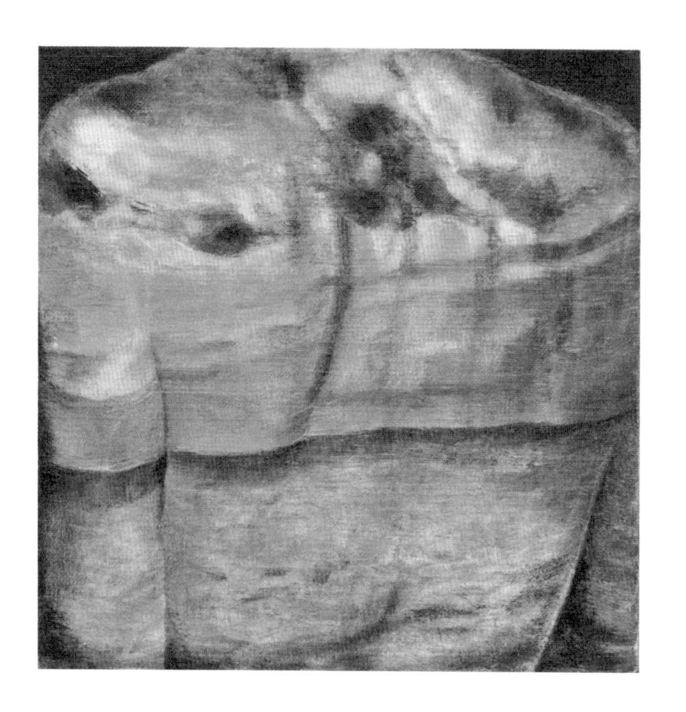

「ㅎ! 여기서 뭐 해요?」

그는 지금 막 산을 올라오는 중이라고 했다. 그러면서 나에게 같이 걸어가자고 했다. 나도 그를 오랜만에 보기도 하고, 스산한 숲속을 혼자 걷고 있던 차에 심심치 않고 좋겠다 싶어 별말 없이 동의했다. 이렇게 둘이 걸어 본 지는 거의 15~16년 전에 몇 번 그래 보고 처음인 것 같다. 유학 초반에 내가 그에게 유학 생활의 팁을 얻고자 이것저것을 물어보면서 이곳저곳을 돌아다녔던 기억이 스멀스멀 올라왔다. 우린 같은 템포로 천천히 걸으면서 유학 생활 때 그가 나에게 해준 얘기를 불쑥 내가 꺼내 들었다. 그는 내 얘기를 들으면서 기억이 난다는 듯한 제스처를 취해 주었다. 그때 얘기를 간략하게 적자면 이렇다. 한국이라는 작은 나라에서 괜찮은 〈예술가〉나 〈문학가〉를 배출하기 위한 기반은 어떻게 만들어야 하는가에 관한 이야기였다. 물론 그와 나의 기억은 다소 차이가 있었지만 그래도 공통적으로 비슷한 부분도 있다. 한 예로 언어와 문화, 지역적 차이에서 우리가 〈이방인〉일 수밖에 없다는 사실을 비슷한 경험으로 인하여 알 수밖에 없다는 것과, 이와 더불어 〈동양인〉이라는 외모에서 보이는 빈약함과 찢어진 눈, 그리고 황색 피부의 차이보단, 자의 반, 타의 반으로 그들을(이) 대하는 우리의 방법적 태도의 차이에서 나타나는 불편한 행동이 우리를 스스로 〈이방인〉으로 규정했을지도 모른다는 점이다. 그리고 한편으론 우린 그들의 교육 환경과 왠지 모를 국력에서 묻어 나는 개개인의 자신감을 항상 부러워했다. 물론 역사적, 지역적, 문화적 특성의 차이를 비교해 보면 이해가

되는 측면을 가지고 있지만, 그래도 한편으론 아쉽고 공감하고 반성할 수밖에 없었다. 어느덧 우리는 산을 돌아 산책로 입구에 다다랐다. 주변이 어두워진 것을 설명하듯이 보안등이 길을 비추었다. 우리는 산책로 입구에서 다음에 보기로 하고 헤어졌다. 멀리 걸어가는 그의 모습은 알맞은 크기의 옷을 입고 예와 같이 걸어가고 있다. 그의 모습이 사라질 즘 난 걸음을 옮겼다. 다시 눈 밑을 조심스럽게 밟아 가며 서서히 멀어져 가는 그의 뒷모습을 떠올려 보았다. 그의 모습은 예전의 그와 달라졌지만 친숙하다.

이방인(자소상)

몇 시간이 지났는지 모르게 운전을 하고 있다. 그냥 앞에 보이는 도로 표지판과 간간이 음악 사이를 비집고 나오는 내비게이션 실 안내가 내가 가려는 목적지로 인도한다. 고속도로 위를 달리는 내내 난 이 길이 낯설지만은 않다. 하지만 고속도로 저편에 보이는 풍경들은 언제나 새삼스럽다. 지금도 나는 낯선 풍경을 바라보면서 고속도로 위를 달리고 있다. 이 도로는 목적을 위한 수단으로 만들어진 길이어서 그런지 표지판의 글자와 몇 가지의 교통법만 이해할 수 있으면 도로 위에서의 나는 공평하다. 하지만 도로 밖의 풍경은 아직도 낯설다.

만남2

며칠 후 나에게 문자가 징 소리를 내며 왔다. 그가 글을 부탁한 지인과 만나는데 나도 나올 수 있겠냐는 물음이었다. 난 당연히

나간다고 했다. 지인이 그에게 무엇을 물어볼지 궁금하기도 하고, 또 맛있는 거 먹으러 갈 것 같아서 좋다고 했다. 사실 내가 물어볼 말이 제일 많아야 할 텐데 별로 물어볼 말이 생각나질 않는다. 그런 걸 보면 정말 난 그의 작업을 제대로 본 적이 없나 보다. 이런 내가 참 어처구니가 없다고 생각했다. 나도 그렇지만 그가 나에게 글을 부탁한 것도 ㅋㅋ 웃기다고 생각했다. 아마도 그는 내가 구글로 들어가 그의 작품 이미지를 찾아봤다는 것을 짐작도 못 했을 것이다. 사실 나도 그에게 글을 부탁받고 작품 이미지를 찾으러 컴퓨터를 만지작거릴 거라곤 상상조차 하질 못했으니 말이다. 하지만 지금의 난 자구책으로 그러고 있다. 나는 스스로 그를 잘 알고 있다고 여겼나 보다. 사실은 잘 아는 게 아니라 오래전에 알고 지냈던 것이 전부였는데 말이다. 어쨌든 난 이 모든 궁금증을 뒤로하고 지인과 그의 대화를 들어보고 다시 생각하기로 했다. 난 다시 한번 약속 장소가 어딘지 문자를 들여다보았다. 버스를 잘못 선택해서 약속 장소 반대편, 그것도 모자라 모모 호텔 근처에서 내렸다. 사실 난 그곳 지리를 잘 모른다. 그나마 좀 아는 거리는 중고 가구숍이 밀집되어 있는 곳인데 마침 내가 내린 곳이 그 거리 맞은편이어서 마음속으론 잘되었다 싶었다. 눈이 많이 쌓였고 그리고 많이 짓눌려져서 이미 대부분의 길은 빙판으로 변해 있었다. 그나마 쇼윈도 앞길은 눈을 미리 치워서 진열된 잡동사니를 훑어보는 데에는 별 어려움이 없었다. 예전부터 든 생각이지만 그 거리의 물건들은 대부분 기계 시대에 만들어진 것보다 수공 제작 방식으로 만들어진 것들이 많다. 설령 기계로

찍어 낸 물건이라 하더라도 마치 손으로 정성껏 만들어진 모양새로 전면을 바라보고 있다. 그만큼 많은 구매자가 선택하는 기준엔 생산의 효율성에 의한 기계 시대의 미감보단, 숙련되고 남다른 손맛에 더 끌림이 있나 보다. 문젠 오리지널의 카피조차 유난스러운 손재주에 의거해 외형만을 옮겨 놓다 보니, 물건의 고유한 의지와는 별 상관없는 또 다른 의미의 것이 생산된다는 것이다. 그리고 이런 물건에서 나타나는 형태에 주관적이고, 객관적이기도 한 비평이 없다 보니 창의적인 사고에 의한 재현보단 어깨너머로 배운 손재주에 의거한 마치 모체가 없는 듯한 카피만 늘어나는 양상이다. 어쨌든 눈요기의 즐거움도 잠시, 난 약속 장소에 어느덧 들어서 있었다. 그가 말한 지인은 이미 와 있었다. 처음 뵙는 분이라 나름 상냥하게 인사를 나누었다. 그리고 얼마 지나지 않아 그가 도착했다.

「제가 늦었죠.」

그는 미안하다는 제스처를 취하면서 자리에 앉았다. 그가 생각보다 늦지 않게 도착해서 나와 지인은 거의 아무 대화를 나누지 못한 상태였다. 더군다나 나도 추운 길가를 한참 배회하다 보니 입이 얼어붙어서 말이 잘 나오질 않았다. 그렇지 않았다면 사실 난 그가 오기 전에 그의 작업에 대해서 살짝 물어보고 싶은 게 몇 개 있었는데 그러질 못한 게 약간은 아쉬웠었다. 그렇다고 그가 도착한 마당에 그 앞에서 대놓고 물어볼 만큼 궁하지도 않았다. 왜냐하면 내가 그의 작업 이야기를 듣는다고 나에게 별 도움이 되질 않을 거라는 걸 내 경험상 짐작할 수 있었기 때문이다. 우리

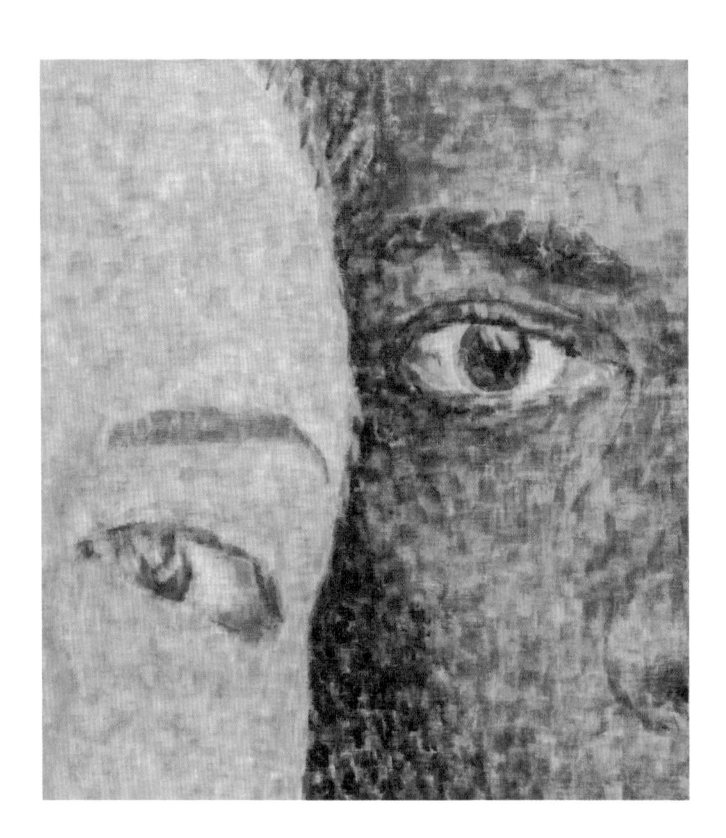

세 명은 서로 인사를 술잔으로 대신하면서 대화를 만들어 갔다. 물론 대화를 주도한 사람은 그였다. 누구 말을 빌려서 〈가장 착한 사람이 말을 많이 한다〉고 했지만, 이 경우는 말이 많은 사람이 지어낸 듯하다. 왜냐면 내 경우엔 뭔가 어색한 분위기를 싫어할 경우에 말을 상대적으로 많이 하는 것 같아서 말이다. 아니면 말을 통해서 뭔가 원하는 것이 있든지, 그냥 입이 근질거리든지, 그 내용이 무엇이든 상관없이 나와 지인은 그의 말을 들었다. 그런 와중에 지인이 그의 글을 언급하면서 본인은 비디오 촬영을 할 때 대역을 고용할 거라고 말을 건넸다. 그러면서 그의 텍스트에 언급되어진 〈미술 노동〉에 관한 그의 작업 이야기와 예술가와 노동자의 노동에 관한 가치를 돈으로 어떻게 환산할 수 있는가에 대해 말을 건네며 대역 비용을 〈뭐! 뭐!〉 하며 말을 흐렸다. 그는 지인의 말이 끝나자마자 본인의 경험을 토대로 임금 지급에 관한 이야기를 했다. 근래에 미술가가 작품을 생산하는 데 있어 수공업적 시스템이 아닌, 마치 포디즘의 형식으로 찍어 낼 경우 미술가와 노동자의 임금을 어떠한 형식으로 책정할 것인가에 대해서 호기심이 생긴다고 했다. 약간은 다른 견해일 수도 있지만, 미술가가 포디즘의 형식을 취할 수 있다는 것은 그만큼 수요가 된다는 것과 동시에 계획과 관리가 효율적이며 비용을 절감할 수 있다는 장점이 있었기에 대량으로 생산하는 몇몇 예술가들이 이와 같은 시스템을 차용했으리라 본다. 그래서 아마도 노동자에게 지불하는 방식이 그런 시스템에 맞추어 지불되는 것이 어쩌면 당연한 것일게다. 이와는 다르게 한 예술가의 특정 기술을 익혀서

작품을 완성하게 만든다는 것은, 예전의 장인들이 제자에게 본인의 작품을 돕게 하면서 기술과 지식을 전했던 방식일 것이다. 이런 관계엔 임금에 대한 기준이 없기에 책정이 불가했을 것이다. 이렇게 임금 책정의 방식이 현재의 노동 가치 계산법과는 많은 차이를 보여 주었어도 거기엔 분명히 득과 실이 있었을 것이다. 그리고 그는 얼마 전에 했던 전시 얘기로 내용을 이어 갔다. 말인즉 이렇다. 그는 도슨트와 오랜 시간 동안 작업에 대해 설명하고 여타의 이야기를 나누었지만 정작 도슨트가 궁금해해서 물어본 질문은 이것이었다는 것이다.

「선생님! 이 작품 가격은 얼마인가요?」

아니! 어쩌면 도슨트들의 여러 질문 중에 이것이 그의 기억에 제일 남는 것일지도 모른다. 사실 나도 도슨트에 관한 이야기를 듣기 전에 그의 작품 가격이 궁금했다. 누군가가 나를 속물이라고 이야기해도 좋다. 내가 그런 부분이 궁금했던 것은 이런 류의 작업을 하는 작가들 중 그는 몇 안 되게 작품 가격이 궁금하게 만드는 작가이기 때문이다. 물론 그 기준은 나에게 있지만 말이다.

그리고 그는 다른 도슨트가 본인의 평면 작품을 보면서 굉장히 비쌀 것 같다고 말한 얘기를 건네면서 비죽 웃었다. 그러면서 그는 자기 평면 작업이 단순노동으로 만들어졌다고 수줍은 고백 형식으로 말했다. 그리고 덧붙여 설명하기를 값싼 노동을 한 그분들께 얼마의 노동에 대한 대가를 지불해야 할지 참 어려웠다고 또다시 말했다. 그가 이미 노동의 가치에 관한 계산법을 충분히 알고 있다는 것을 우린 모두 알고 있다. 그가

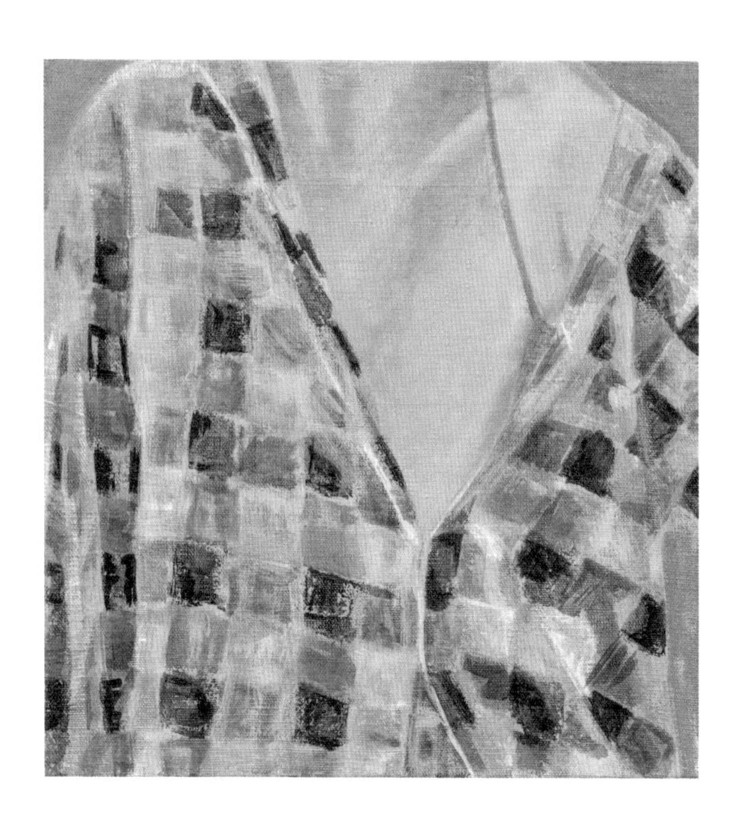

새삼스럽게 이 부분에 대해서 이야기를 건드리는 것은 노동자에 대한 연민이라기보단 어쩌면 그는 단순히 궁금했을지 모른다. 그리고 그것을 관객에게 전시라는 형식으로 되물어 보고 싶어 하는지도 모른다. 난 둘의 대화를 들으면서 간간이 그의 작업과 태도에 대해 잠시 생각을 해보았다. 오늘도 하루가 지나가고 있다. 얼마의 시간이 흘렀는지 모르지만, 술기운에 의해 시선이 흐릿해지는 것을 보니 집에 갈 때가 된 것 같다. 서로 인사를 하고 순서대로 택시를 탔다. 택시 안의 따뜻한 공기와 술 몇 잔이 나에게 잠시 눈을 감게 해주는 여유를 주었다.

만남3

보랏빛의 햇살이 차츰 수그러지는 남산 소나무 숲에서 잠시나마 휴식을 취하고 있다. 매번 이 시간 즈음에 무슨 종류인지 모르는 작은 새 여러 마리가 부산하게 자리를 옮겨 가며 재잘재잘 소리를 낸다. 빛의 색채가 서서히 사라지고 어두운 끝자락에 걸린 희미한 회갈색 빛으로 주변이 물들어 갔다. 그즈음 그가 나무들 사이에 서 있음을 알았다. 그가 언제부터 이곳에 있었는지 잘은 모르겠지만 마치 이 공간을 벗어난 적이 없는 듯 보였다. 지금 여기에 있는 그는 며칠 전에 보았던 그와 다르지 않았다. 다만 달라진 점이 있다면 소나무 숲의 환경이 달라졌다는 것이다. 그것이 나무가 몇 그루인지 어느 위치에 어느 나무가 있는지 정확히는 모르겠지만 내가 인식할 수 있는 지점은 이 숲이 그가 있음으로써 달라졌다는 것이다. 그는 이곳을 벗어난 적이 없다. 숲이 변화된 시점이

언제인지 모르겠다. 변화된 계기가 그에 인해서인지 내가, 혹은 다른 타인이 이 숲으로 들어와서인지 그것도 잘 모르겠다. 분명한 것은 그는 이곳을 벗어난 적이 없다는 것이다. 그 사실은 내가 가진 믿음으로 파악할 수 있다. 그는 이 숲을 새로운 형식으로 보이게 하기 위해서 아주 유연한 기술을 도입했다. 모두 그의 기술에 의해서 이곳이 바뀌었다는 것을 지각하고 있었지만, 어느 누구도 이런 변화에 대해서 불편해하거나 불쾌해하지 않았다. 그는 모두가 그럴 거라는 것도 알고 있다는 듯이 행동을 취한다. 그런 그의 유연한 사고와 우연성을 가장한 위장술은 이젠 그의 형식으로 자리 잡았다. 설령 그가 이 숲의 나무가 모두 가짜라고 해도 우린 그 말을 믿으며 반신반의할 것이다. 그런 그의 태도가 진정성을 가지든 말든 별 상관이 없다. 그는 언제나 그의 삿내로 외부를 바라보며 그에 적절한 형식을 보여 줄 것이다. 하지만 그는 아직도 그 숲을 벗어난 적이 없다. 그것도 언제나 사물의 경계가 눈으로부터 멀어지는 낯선 시간에 말이다.

일루전, 그리고 마술사

그가 글을 부탁하면서 두 개의 작업 이미지와 설명, 그리고 재료와 기법을 네댓 장 분량의 글로 보내왔다. 그 글을 읽었을 때 내게 떠올랐던 단어는 〈일루전〉이었다. 무슨 근거로 이 단어가 생각났는지 알 길이 없지만 일루전이라는 단어가 머릿속에서 계속 맴돌았다. 나에게 일루전이라는 단어를 생각나게 한 동기는 적어도 그의 작품을 보고 떠올린 것은 아니다. 말인즉 작품의

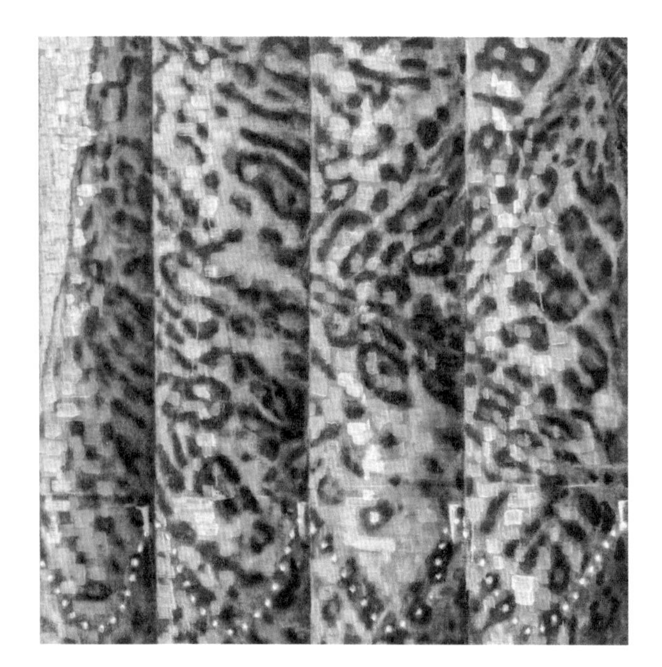

내용이나 형식에서 보여지는 결과물이 아닌, 작업을 진행하는 방식에 따라서 변화하는 듯한 그의 태도에서 〈일루전〉이라는 단어를 상상해 본 것은 나만의 착각일까? 앞서서도 나는 그의 작업을 잘 모른다고 이야기했었다. 그건 진실이다. 그렇지만 이번에 그에 대한 생각을 진전시키면서 그가 입체와 평면, 설치, 영상, 퍼포먼스 등을 그의 매 전시마다 잘 포장한다는 사실을 알았다. 그리고 그의 포장술은 남과 다른 차이점을 보여 줬다. 관심과 무관심을 오가는 유연성, 다시 말해서 그는 즉흥적인 감성의 선택으로 엮은 이성적인 컬래버레이션 형식, 폐품을 취하는 듯 우연을 가장한 필연적 결정력과 그 자신만의 조형성, 언어의 유희를 즐길 줄 알면서 회피하는 도망자의 역할, 그는 어쩌면 자기 자신을 〈일루전〉 속에 스스로 가둬버린 〈슬픈 희극 배우〉이자 〈어린 마술사〉이길 바랐는지 모른다.

지금 그는 〈일루전〉이라는 무대 위에서 쇼를 보여 줄 것이다. 우린 그가 던져 놓은 밑밥에 속는지도 모른다. 그는 우리를 속이려는 수단으로 〈언어 놀이〉와 〈자본과 노동의 합작 기술〉, 그리고 〈그의 연기와 연출 능력〉을 십분 보여 줄 것이다. 우린 이것을 〈무대 마술〉이라 지칭한다. 하지만 그의 마술은 여느 마술과는 다른 시점을 보여 줄 것이다. 보통의 경우 마술이란 상식적 판단을 넘어선 현상이나 행위를 엮어내는 솜씨, 그리고 기능을 일컫는다면 그의 마술은 본인의 직관을 토대로 그가 경험한 의구심을 되레 타인들에게 인계함으로써 참여할 기회를 제공한다는 형식으로 구성될 것이다. 전자의 경우, 마술사와

관객과의 밀접한 공감대와 긴장감의 끈이 중요하다. 이는 마치 마술사가 오로지 본인에게만 마술을 건다는 착각을 일으킨다. 그리고 이 둘의 관계는 속고 속이는 구도의 형상을 띈다. 그렇지만 후자의 경우, 참여하는 모든 이의 역할이 중요할 것이다. 비록 각자의 관심과 역량이 다르더라도 소통하려는 의지가 그의 마술에 인식의 시선을 넘어선 변화의 가능성과 활력을 줄 것이다. 그리고 〈보여 주려는 이〉와 〈보는 이〉는 각자의 의지와는 상관없이 독립적으로 생각하고 행동할 것이다. 그가 표현하려는 〈무대 마술〉은 아마도 불가사의한 일을 실제처럼 보여 주는 역할보단 유머러스한 궤변을 통해서 진실을 슬그머니 건드려 보는 것은 아닐까!

(2013년, 그래도 온다)

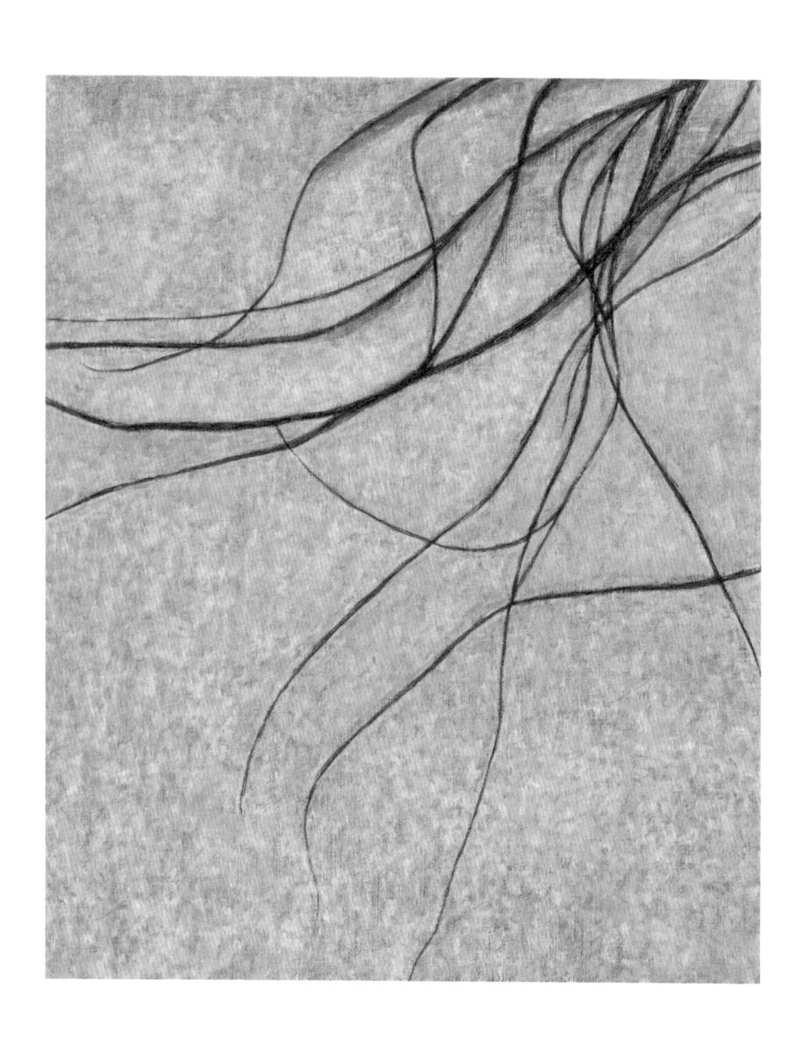

5
늙은 여인의 초상

나는 그에게 물었다.

「당신은 남자입니까?」

그는 대답이 없었다.

나는 다시 그에게 물었다.

「그럼 여자입니까?」

대답은 없었다.

나는 그에게 물었다.

「당신은 어디 출신입니까?」

그는 그에 대한 대답으로 나를 보는 듯했다.

「당신은 무엇을 보고 있습니까?」

「혹시 저를 보고 있었습니까?」

하지만 그의 시선과 대답은 어디에도 없었다.

난 다시 그에게 물었다.

「당신의 손이 가리키는 것은 무엇입니까?」

「당신의 손에 쥐어진 것은 무엇입니까?」

「Col Tempo는 당신에게 무엇을 의미합니까?」

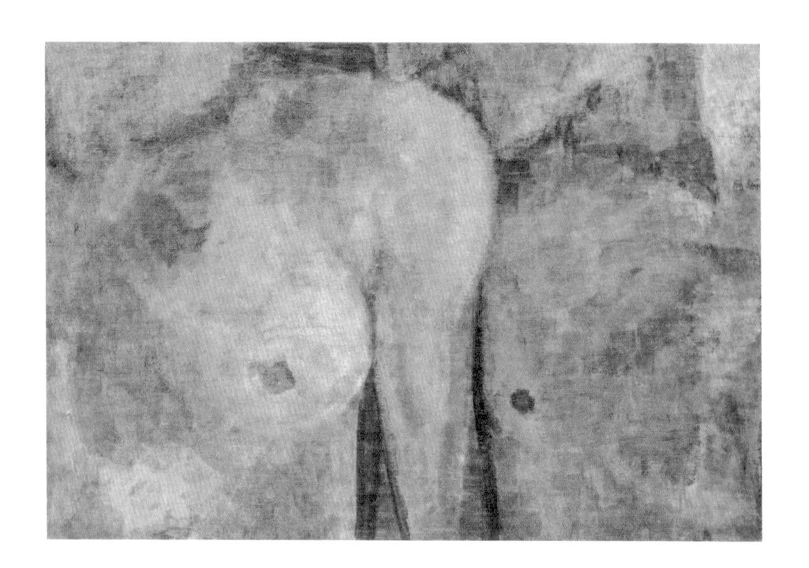

그는 대답을 등지고 예측할 수 없는 웃음을 지어 보였다.

그 웃음에 묘한 마음이 비친 탓인가!

내 어투는 어느새 혀 뒤로 말리고 있었다.

「얼굴에 드리운 그림자도 당신입니까?」

난 아무렇지 않은 듯 말을 건네고

비칠 듯이 얇은 그 옆모습의 살결을 훔쳐보았다.

나의 이런 시선이 불편했는지 그의 동공은 서서히 확장되어

어디에도 머물지 못했다.

그런 그의 표정은 시간을 삼킨 듯 고요했다. 그리고

나는 그런 표현 뒤에 감춰진 시간에 의미를 알고자 했다.

나는 그에게 다시 물었다.

「당신은 진정 누구입니까?」

「나에게 해줄 말이 없습니까?」

난 그냥 묻기만 할 뿐 아무런 대답도 듣지 못했다.

그는 나에게 물었다.

「당신은 누구입니까?」

나는 지나가는 사람이라고 대답했다.

그는 다시 나에게 물었다.

「어디서 왔습니까?」

나는 먼 곳에서 왔다고 했다.

그는 물었다.

「왜 내 앞에 서성거립니까?」

난 긴장해서 그렇다고 했다.

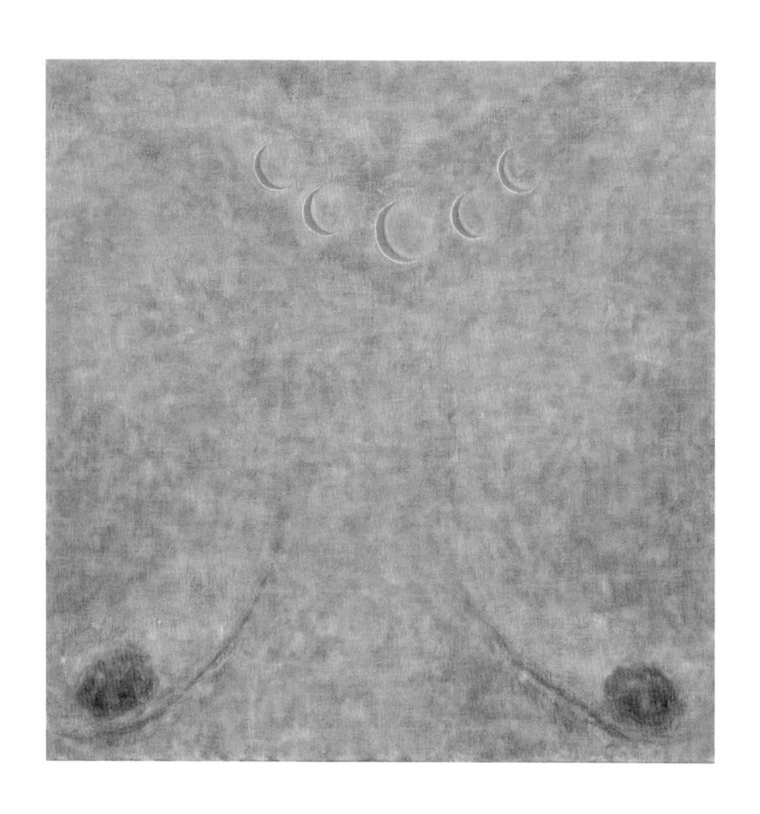

그는 다시 나에게 물었다.

「당신은 왜 긴장했습니까?」

당신이 내 앞에 있어서 그렇다고 했다.

그는 나에게 물었다.

「당신은 나를 아십니까?」

난 모른다고 대답했다.

그러자 그도 나에게 말했다.

「나도 당신을 알지 못합니다.」

얼마 후 그는 적막을 비집으며 말했다.

「근데 왜 그런 시선으로 나를 쳐다봅니까?」

난 그 말에 단침을 삼키며

당신이 누구인지 알 것만 같아 맴돌고 있다고 둘러댔다.

하지만 그를 바라보는 나는

이미 짐작하고 있었다.

그의 알 수 없는 표현의 이면을

현재의 나로선 알 길이 없다는 것을.

조르조네의 「늙은 여인La Vecchia」(1508년경) 앞에서.*

* 개인전《독백》을 위한 글, 미메시스 아트 뮤지엄, 2015.

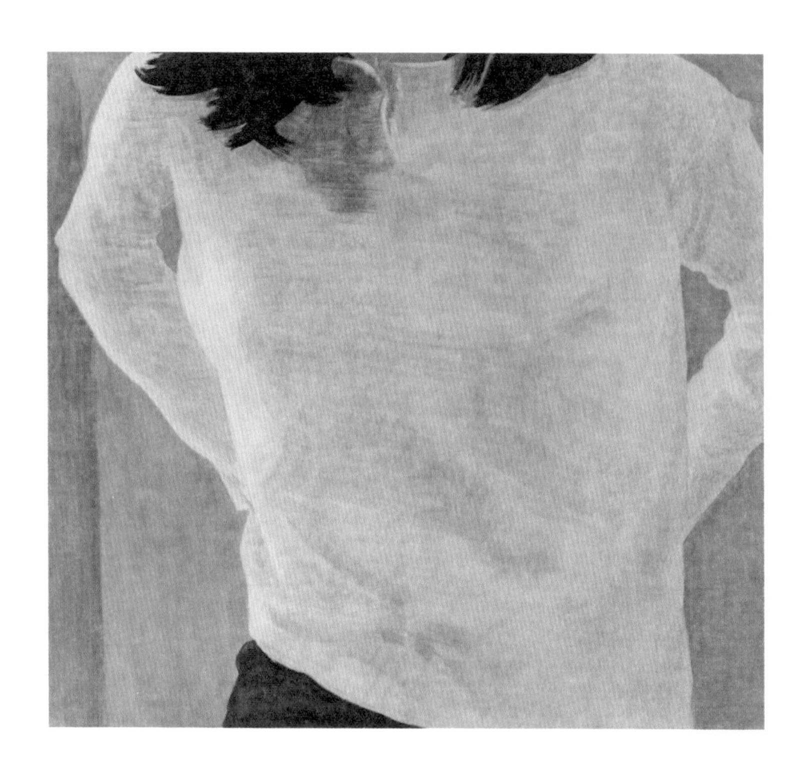

6
알음과 모름

알음과 모름

여자 친구랑 커피를 마시다가 그녀가 입고 있던 카디건하고 스웨터를 펜과 냅킨을 이용하여 펜으로 드로잉을 한 지 꽤 오랜 시간이 지나가 버렸다. 그리고 지금은 그냥 시사 주간지에 나온 인물들의 제스처를 골라서 작업을 진행해 나간다. 그전에도 나는 한 부분을 바라보는 것을 좋아했으며 현재에도 그렇게 응시하면서 생각을 놓는 것을 좋아하는 편이다. 길다면 긴 시간 동안, 특별히 달라진 철학적 사색이나 방법론은 그다지 없다. 그냥 조금 늙었고 조금 살쪘으며 여자친구가 반려자가 되었다는 것. 이러한 일들이 달라진 것인지, 변화되어 버린 것인지, 아니면 시간이 내 나이만큼 적당히 흘러가 줬던 것인지. 일을 진행해 나가면서 내가 가진 그 무엇, 그 안에서 최소한의 흥밋거리를 생각할 수 있게 해주는 것에 대하여 스스로 고마워할 때가 있다. 그것이 무엇이든 어떠한 방식으로 작용을 유도하는지, 혹은 변화하는지 몰라도 괜찮다.

아는 것과 모르는 것

알다가도 모르는 것이 인생이라고 했나? 그래도 살면서 아는 것이 하나라도 있으면 조금 더 그럴싸해 보이진 않을까? 그것도 그다지 맞는 것 같지는 않아 보인다. 나는 내가 하는 작업에 대해서 알고 있는 것을 주저리주저리 얘기해 봐도 얼마 후에 다시 생각해 보면 지레짐작으로 얘기한 것들이 태반이어서 스스로 민망해하고 자책하기를 몇 번이나 했었는지 모른다. 아니 그래도 행복한 순간은 있었다. 안다고 착각할 때와 무엇도 모르면서 인정한 순간.

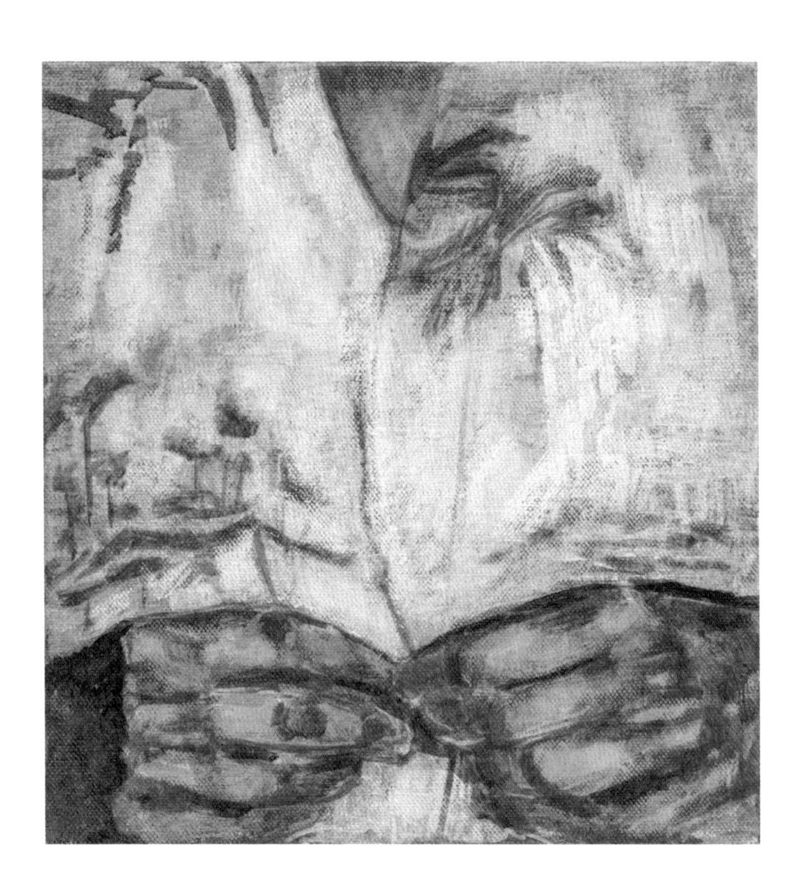

7
봄

미온의 바람이 불어온다. 바람은 무취의 마법을 품고서 대지의 공기를 순환시킨다. 산수유꽃은 지금도 회색빛 대기 속에 갇혀 사물의 경계가 흐릿하다. 그렇지만 작고 여문 20~30개의 꽃이 군집을 이룰 때면 진한 노란빛이 흐려진 경계를 무색하게 한다. 비바람이 분다. 비와 바람은 상처를 내기도 하고 치유하기도 한다. 비와 바람은 부조리라는 현실에 싹을 틔우기도 쓸어 버리기도 한다. 폭신한 대지 위의 속잎은 말없이 햇빛을 바라본다. 빛에 취한 푸른 잎은 얇은 잎맥마저 수줍게 한다. 빛은 메마른 회색 층의 시린 공기에 균열을 만든다. 틈 사이의 온기가 더 이상 무의미할 때 밤에 핀 봄꽃은 가로등 불빛 사이의 라일락 향기처럼 온 거리와 골목에 가득하다. 지금은 비록 계절이 바뀌어 잊혀도 〈아름다움〉은 고매한 채로 현존한다. 그리고 다시 바람이 불어온다. 미풍의 마법마저도 사치스러운 바람이 분다. 난 그런 지평선 위에 있다.

두꺼운 옷을 입고 어느 지평선 위에 서 있다. 나는 이곳에서 지속해서 들리는 소리의 끝자락에 서서 피곤한 듯 두 눈을 감았다. 나의 무게에 빈자리를 채워 주듯 모래알은 점점 발등을 덮어

어떠한 바닷바람에도 흔들림이 없게 해줬다. 지금 난 이 자리에 있다. 그리고 숨을 쉰다. 숨의 끝자락에 있는 습기와 공기가 콧등에서 빙빙 돌기도 하고, 공기 방울이 되어 두 볼 위에 미끄러지듯 나를 감싸기도 한다. 나는 그것이 바람에 의한 물보라인지 모래 위에 스치는 해풍인지 알 길이 없다. 눈꺼풀 사이로 미적지근한 액체가 틈을 채울 무렵 묵직해진 눈두덩이는 나에게 틈새의 빛만 허용해 주었다. 더구나 끈적거림의 성질은 이내 고형물처럼 변형되어 눈꺼풀을 영영 붙일 기세이다.

망막에 비친 겨울 바다의 형상은 실재보다 드넓다. 끝없이 멀고 고요한 바다는 기억 저편의 것인지 실재의 바다인지 나의 조각난 인식으론 받아들이기 버겁다. 보는 행위가 멈추어 버린 지금, 나는 쌀쌀하고 거세진 메마른 바다 공기를 온몸으로 받아들이고 있다. 내가 자리한 이곳엔 모래가 물을 스펀지처럼 빨아들이고 있다. 비록 저 깊은 곳으로 소멸하는 것을 보진 못해도 알아챌 수는 있다. 차가운 모래는 마치 갈증을 해소하듯이 바닷물을 모래알 사이사이로 메우고 있다. 그리고 모래의 겉 표면에 슬그머니 자리한 물거품은 마치 허파의 꽈리가 찌그러지는 듯한 형상을 연상케 한다. 나는 지금 여기에 있다. 조금만 움직여도 균형이 깨져 주의가 동요될 것만 같다. 그냥 가만히 있자! 그것이 최선이야! 숨조차 머금고 조용히 있자! 스스로 최면을 상기시키는 지금의 현실은 마치 음습한 검은 숲의 경계선에서 미지의 숲을 응시하는 사슴의 눈 같다. 난 지금 두꺼운 옷이 무겁기만 하다.

모든 것은 눈먼 자들에 의해서 시작되었다. 그들은 세상을

바꾸는 주인이 되었고, 그들을 따르는 다른 이들도 눈먼 자들을 동경했다. 그리고 다른 이들은 눈먼 자들의 말투나 행동을 스스로 습득한 듯 비슷한 모양새를 갖추었다. 분명한 건 눈먼 자들이 인식하는 세상은 다른 이들이 보는 세상과는 달랐다. 그들에게 현실은 스스로 선택한 부분적인 정보를 인식 작용의 개념화를 통해서 비교하고 분석했다. 그렇게 그들은 대상을 사유화하는 방법으로 인하여 눈이 멀었고, 이들의 세상은 대상을 사유함이 누군가에겐 폭력적일 수 있다는 것을 직감적으로 알았다. 대상을 사유함은 보는 것으로 시작되지만 보는 행위만으로 모든 것이 인식되진 않는다. 그들과 이들의 대상은 인식함과 동시에 타자화하며 또한 차별화한다. 그리고 차별화를 통해 대상을 타자화할 때 인식의 주체가 눈먼 자들이면 다른 이들은 억압의 대상이 된다. 이런 기능과 역할이 얼마나 위태로울 수 있는지 우리는 눈먼 자들과 다른 이들의 이해관계 차이로 짐작해 볼 수 있다.

차가운 공기를 머금은 그날, R2는 오늘처럼 나를 바라보고 있었다. 그 눈빛이 너무 순해서 난 순간 빠져들었다. 무엇을 얘기하려는지 알 수는 없었지만, 그 순간만큼은 별로 중요하진 않았다. 그냥 같이 있는 것이 포근하고 좋았다. 간만에 따사로운 햇볕이 방을 비추었다. 그래도 아직은 겨울의 냉기가 집 안 곳곳에 남아 있어서인지 R2는 햇빛을 찾아다니며 자리를 옮겼다. 난 아직은 어린 R2의 움직임을 보면서 신기해하면서도 은근히 자랑스러웠다. 나는 R2와의 첫 산책을 기대하면서 밖으로 나갈

채비를 했다. 다행히 집 가까운 곳에 산책길이 있어서 간략하게 준비를 마쳤다. 그곳은 늘 푸른 잔디와 수십 년 이상 된 고목들이 강가에 길게 조성되어 있어서 사람뿐 아니라 강아지한테도 힐링하기에 너무 좋은 환경이다. 어느새 팔베개하고 졸고 있는 R2를 깨워 새로 구입한 목줄을 채웠다. 처음으로 목줄을 접한 R2는 온몸으로 거부감을 드러냈다. 그렇게 첫 산책을 나서려는 순간 무엇에 의한 두려움인지 몰라도 문밖 세상에 대한 반응으로 뒷걸음질 쳤다. 짐작하건대 목줄에 대한 R2의 거부 반응이 더욱 심했을 것이다. 그런 R2를 나는 무지하게 끌고 내려와 문을 나섰다. 문을 나서자마자 따스하게 비치는 햇빛의 온기가 온몸을 감쌌다. 나와 R2는 눈살을 찌푸리며 살며시 미소를 지었다. 하지만 아직 어린 R2에겐 강가로 가는 길이 너무 멀게 느껴졌는지 가다 서기를 반복하기도 철퍼덕 주저앉기도 했다. 그렇게 한참을 걸어 풀밭에 이르러서야 목줄을 풀어 주었다. 넓은 잔디밭을 신나게 뛰어놀 거라는 나의 바람 섞인 생각은 보기 좋게 빗나갔다. 푸른 잔디에 흰 점박이 R2는 지친 듯 한 자리에 가만히 주저앉았다. 그 형상과 색채는 너무 앙증맞고 귀엽게 대비를 이루고 있었다. 그때 가로등 갓 위에 커다란 까마귀가 내 시야에 들어왔다. 그이는 마치 R2를 먹잇감인 양 보는 듯했다. 얼마 후 생각해 보니 조금 웃기긴 했지만, 까마귀가 채어 갈지 모른다는 마음에 얼른 R2를 내 품에 안아 들었다. 그렇게 R2를 품고서 따사롭고 선선한 바람이 부는 풀밭을 한참 걸었다. 까마귀의 시야에서 벗어났다고 생각되는 지점에 R2를 사뿐히 내려놓는 순간, 그렇게 처음 마주한 R2와

나의 눈빛은 설렘과 기쁨으로 가득했다. 그렇게 나의 마음 한쪽을 채운 R2는 나에겐 그 어떠한 것과도 비교하기 어려운 존재가 되었다. 그런데도 나는 R2를 무척이나 심히 놀리고 구박해서 새벽이슬의 무게를 감내하지 못하는 풀처럼 눈꼬리가 처지기 일쑤였다. R2는 지금도 처음 마주한 그때 모습처럼 나를 바라보고 있다. 그리고 이젠 더 이상 그 무엇을 하려고 하지 않아도 괜찮음을 스스로 터득했다. 그것은 오랜 시간의 경험을 통해 서로 합의한 그 무엇처럼 무심하며 조용하다. 가끔은 코끝의 눈빛으로 신호를 보내고 손짓으로 알아서 처신한다. 나는 오늘 맥주를 마시며 일을 정리하고 있다. 꽤 늦은 시간이어서 그런지 주변이 고요하다 못해 적막하다. 간간이 들리는 고양이 울음이 봄바람을 스산하게 하지만 이내 어둠에 묻히고 만다. 언제부터였을까! 다시금 나를 쳐다보는 R2는 나에게 눈짓을 건넨다. 나도 별일 아닌 것처럼 문을 열어 주려 나선다. 얼마 후 거실로 들어오는 R2의 기척에 나는 문을 닫으러 의자에서 일어선다.*

* 개인전《The Other》를 위한 글, 페리지 갤러리, 2017.

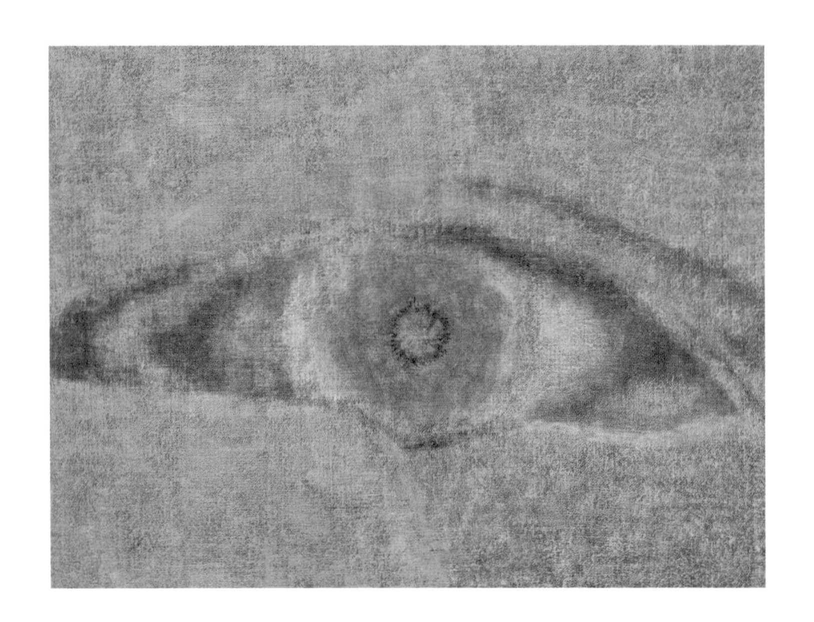

8
같은 도시 다른 운명

수많은 그 새는 어디에서 죽었을까? 나는 그것을 알 수가 없다. 어릴 적엔 뻐꾸기시계의 새처럼 어느 순간 그대로 멈출지도 모른다고 생각했다. 그래서 그 새는 장소와는 무관하게 동력이 다하는 그 순간이 마지막일 거라 믿었다. 하지만 이런 의문과 상상은 잠깐 스쳐 지나갈 뿐 그 새의 죽음과 의문은 나의 기억 속에 자리 잡지 못했다. 그렇다. 어쩌면 그 존재가 누구이든 상관없이 인간의 기억 속에 빈자리는 그렇게 많지는 않은가 보다. 하지만 우리는 지인의 죽음을 통해서 자신의 존재가 심연에 맞닥뜨리게 되는 상황에 직면하기도 한다. 어쩌면 이는 타인과 물리적으로 분리되면서, 동시에 심적 충동으로 현재와는 다른 형식으로 지각되는 가능성을 열어 놓기도 한다. 이는 이미지나 사물의 존재를 예전과는 다른 기억으로 변신시키기도 하고, 때론 그런 파동의 흐름이 주위에 변화를 주기도 한다.

그이가 우연히 투명한 문을 지나치는 순간, 어떤 친구의 속삭임이 들리는 듯했다. 투명하지만 벽처럼 단단한 것을 조심해야 한다고 말이다. 그리고 자칫 잘못하면 부딪혀 기절할

수도 있다고, 그는 이것을 경험한 듯이 얘기했다. 하지만 그이는 그냥 지나쳤기에 그 친구의 속삭임도 차가운 공기의 입김처럼 이내 소멸했다. 아니다. 사실 그이는 그곳을 지나치는 찰나 맞닥뜨린 벽에 다가서고 멀어지기를 수십 번 하는 그사이에 친구의 조언 따위는 안중에도 없었다. 반복할수록 더 숨이 가쁘고 방향을 잃으며 지쳐 갔다. 얼마 지나지 않아 이곳은 내가 있기에 너무 비좁은 공간이라는 것을 눈치챈! 그때 그 친구의 속삭임은 날갯짓 소리를 비웃듯 문득 스산하고 차갑게 그 공간을 채워 갔다. 그이의 몸통은 뜨겁지만, 심장은 얼어붙었다. 순간 그이는 투명한 문을 향해 날아갔지만 들어올 때와는 다르게 자꾸 머리를 부딪치는 듯 겁이 났다. 더욱더 심장이 요동치니 고장 난 나침판처럼 그이의 감각은 무능해져 버렸다. 문은 점점 작아지고 멀어졌다. 그이는 이젠 더 움직이지 않은 채 몸의 날갯짓을 몸통으로 위장하고 잠시 벽과 벽의 끝을 마주하고 있다. 고요하게 심장 소리가 고르게 들린다. 그렇지만 그이는 주위를 살필 여력은 없다. 숨 쉬는 공기는 점점 무겁고 두렵다. 이런 압박감은 그이에게 공포라는 낯선 지각을 경험하게 했다. 그이는 아무리 숨을 감추려 해도 작은 몸통은 마치 요동치는 심장을 닮았다. 어쩌면 이곳에서 괘종시계의 추처럼 멈출지도 모른다고 생각하니 무엇을 어떻게 해야 할지 모르겠다. 아직도 그이는 두 벽의 끝을 바라보며 숨을 죽이고 있다. 그리고 왜 이렇게 무력하게 되었는지 이해가 되질 않았다. 예전에는 항상 마주한 벽을 비웃듯 자유로운 비행에 스스로 도취해서 날았다. 방향에 상관없이 벽을 따라 움직이면 그

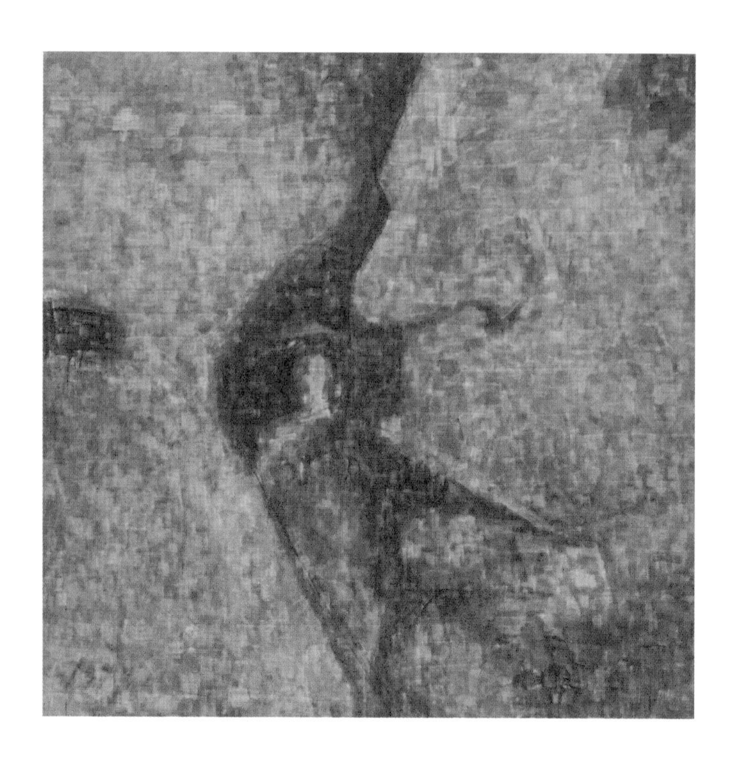

방향이 동선이 되었고 다채로운 색감이 나를 향해 밀려오는 듯했다. 하지만 지금 이곳은 벽을 따라 움직이는 그곳마다 같은 벽이 일정한 간격을 두고 다가와서 그이를 당황스럽게 하고 지치게 했다.

마치 뫼비우스의 띠처럼 움직임엔 시작과 끝이 없고 색채는 사라지고 색감은 아무런 의미 없이 확장되었다. 이곳은 이성보다는 감성이 지배하는 느낌이다. 더 이상 합리적인 생각의 궤적을 찾을 수 없다. 그중 다행이라고 느낀 건 누가 마시다 만 물과 빵 부스러기가 어느 정도의 높이에 올려져 있다는 것이다. 사실 그이는 그것이 그 자리에 놓여 있다는 사실을 인지하는 데 더 이상 아무것도 아닌 본인 자신을 인식했을 때 알았다. 그만큼 낯선 곳으로부터 익숙해진다는 것이 얼마나 힘든 싸움인지를 처음 깨닫게 되었다. 아니다, 사실 그이는 어디를 가든지 매번 익숙하지는 않았지만 즐거웠다. 분명한 것은 여기와 저 너머는 달랐다. 어쩌면 다름의 차이를 알고자 하는 의지와 자신을 스스로 인정하는 시간을 두려워했는지 모른다. 그 시간이 중첩되어 갈 무렵 저 너머에서 스며든 잔상이 절제된, 혹은 왜곡된 상상의 공간으로 흡수되는 듯했다. 그이는 그 너머의 것을 기억하려고 노력한다. 기억이 달콤한 아이스크림같이 스르르 희미해질 때마다 파닥거리며 안간힘을 썼다. 그이는 몇 차례 날아올랐지만 이내 벽과 마룻바닥의 둔탁한 소리에 이미 그이의 의지가 소멸했음을 직감케 했다. 날갯죽지가 잘 펴지지 않는다. 조각난 기억은 거울에 비친 평면적 이미지라기보단 유기적인 형상에 가깝다. 그래서

그런지 파편화된 기억을 짜 맞추려 하는 그 순간, 몸에 남겨진 잔상은 오히려 그이를 괴롭혔다. 그 고통의 크기가 가슴을 억누르며 조여지는 이유는 투명한 유리를 통해서 스며든 빛 때문인지, 아니면 밝음의 온도를 몸이 기억해서인지 구분되지 않는다. 잠결에 지잉 지잉, 소리를 들으며 눈을 떴다. 습관처럼 헛기침을 몇 번 하고 나서야 휴대 전화를 들었다. 사실 지인 대부분은 나의 잠긴 목에서 나오는 소리를 듣곤 조금 있다가 다시 전화하겠다고 말하곤 한다. 하지만 이번엔 달랐다. 전화기 너머 그는 무언가 나에게 말했고 난 잠결에 그냥 긍정의 대답을 건넸다. 그 후에 나는 작가라는 호칭이 이름 뒤에 붙여졌다. 그렇게 듣기 시작한 호칭은 아직도 어색하게 들린다. 누군가에게 이름 뒤에 칭호를 듣는다는 것이 때에 따라서 미소를 주기도 하지만 그 당시는 달랐다. 그로 인하여 내가 막연하게 바라던 좋은 작가라는 의미를 슬그머니 뒷주머니에 넣어 버렸다. 어쨌든 그 후로 십몇 년이 흘렀다. 그리고 또다시 지금의 나는 작가가 무엇인지 고민하고 있다. 어쩌면 작가에 대한 고민보다는 그것을 유지하기 위한 삶을 알고 싶어 했는지 모른다. 그리고 쓸모 있는 사람으로 무엇을 할 수 있을지 자신에게 질문을 던진다. 예전과 비슷하게 작가라는 고민을 하면서 내 분야의 고민보다 삶에 대한 고민을 더 많이 하는 나 자신을 볼 때 실망한다.

작가 이전에 작업을 하는 나의 태도는 어떤지, 그다음 내가 어떠한 자세를 가져야 하는지의 고민이 이어져야 하는데 아직도 잘 모르겠다. 그래서였을까! 나는 요즘 들어서 내 작업이 솔직하지

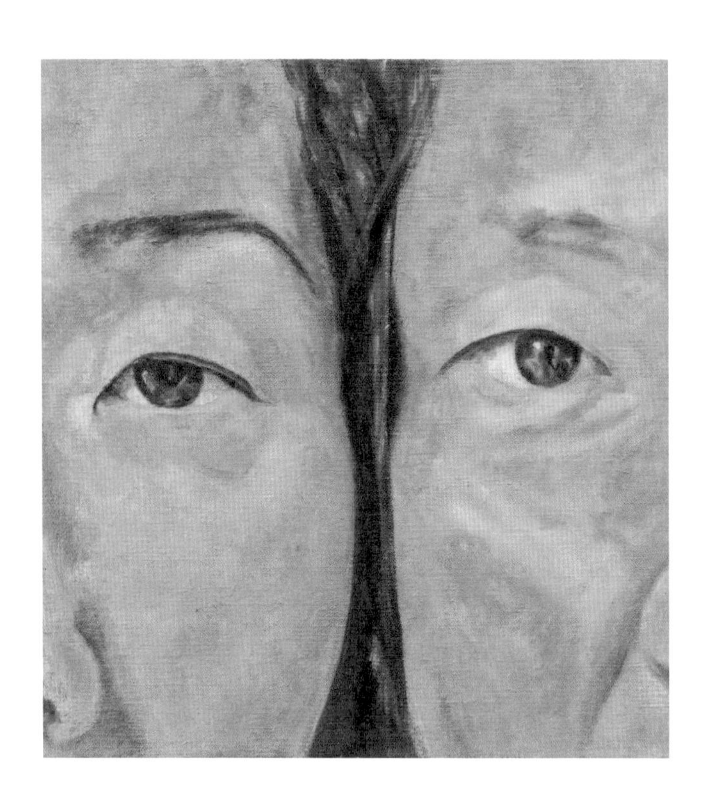

못하다는 생각을 많이 한다. 왜 그런 기분이 자꾸 드는지
모르겠지만 진심으로 대하지 못하는 내 모습에 나를 믿지 못하는
것 같다. 그것은 아마도 여러 이유가 있겠지만 이미지에서
전달되는 소재와 그것을 다루는 기술, 그리고 하고자 하는 인내와
끈기, 실패를 두려움으로부터 잊게 하는 낙천적인 생각, 잘
모르겠다. 하지만 난 운이 좋아서 그런지 몰라도 주위에 〈작가〉라
불러도 손색이 없는 지인들이 있다. 그들 대부분은 자신과 작업의
거리감을 현실적인 태도로 유지하고, 두렵지만 끝이 없는 그
무엇을 끄집어내려는 집요한 떨림을 작품에 그들의 지문처럼 보여
준다.
(2016년, 겨울 그 어디)

9
두 번째 산행

오르는 해는 깊고 내리는 해는 멀다

일하는 동안에 시간이 움직이고 있다는 것을 내게 알려 주는 것은 라디오 진행자의 음성이 바뀌었을 때이다. 오늘도 예외 없이 정직한 음성을 가진 남성의 말투에서 마음이 따뜻할 것 같은 여성의 음성으로 바뀌었을 무렵, 난 잠시 일을 멈추고 문을 나선다. 그리고 얼마 지나지 않아 남산 순환로에 다다른다. 남산은 여느 다른 산들과 달리 긴 진입로 없이 건널목을 건너기만 하면 산으로 올라가는 입구가 있다. 잠시 주변을 살피는 동안 초록 불이 들어왔다. 길을 건너 입구로 들어서자마자 예전부터 있었을 것 같은 자그마한 쉼터와 새롭게 만들어 놓은 것 같은 체육 시설이 깨끗하게 정리되어 있다. 흙에 그려진 빗질의 흐름은 매일 새롭게 정리되고 있다는 것을 누군가에게 말하는 듯하다. 또한 매일 바뀌어 가는 빗질 방향이 항상 고르게 펴져 있는 것으로 보아, 그분의 성품을 짐작할 수 있다. 얼마 전 부모님 집에 들렀을 때 작은 공원의 한쪽에서 낯익은 어르신의 모습을 본 적이 있다. 그 어르신은 정장을 입은 듯 가지런한 모습으로 가만히 빗질하고

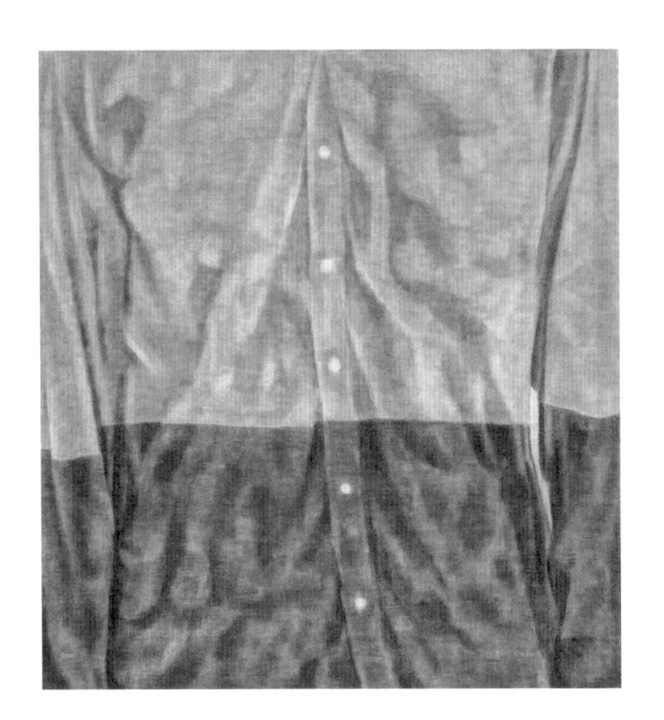

계셨다. 남산 입구에 수없이 그려진 많은 빗질과 흙의 굴곡을 볼 때마다 난 그 낯익은 어르신의 삶을 잠시 생각한다. 나는 쉼터에 있는 체육공원을 자주 이용하는 편은 아니다. 가끔 밤에 이곳으로 와서 철봉에 매달려 보는 것이 전부였다. 그렇지만 이 체육 시설은 주변 어르신에게 꽤 쓸모가 있는 곳이다. 입구 왼편에 있는 체육공원에서 오늘도 난 한 쌍의 노인 부부와 마주한다. 할아버지는 잘되지 않는 근력 운동을 꾸준히 노력하시고 할머니는 그 주변을 맴돌며 여러 가지의 기술을 습득하시려는 듯 움직이신다. 오른편엔 배드민턴장 같은 작은 운동장이 있는데, 같은 방향으로 계속 걷는 주민들의 모습을 심심치 않게 보곤 한다. 그 두 공간 끝자락엔 각각의 등산로 입구가 있다. 왼쪽 끝은 〈등산로 아님〉이라는 표지판이 흙 위에 쓰러져 있고, 오른쪽 끝은 아무런 표기가 없는 대신 부서진 시멘트 덩어리와 제멋대로 생긴 돌들이 뒤엉겨 흙 속에 처박혀 있다. 편의를 위해 계단으로 만들어 놓은 것이 부서져 버린 것 같기도 하고, 그냥 방치된 것 같기도 하고, 아니면 공원 시설 공사 후 대충 버린 것 같기도 하고, 어찌 되었든 양쪽 끝은 등산로 입구처럼 보인다. 단지, 왼쪽 입구에서 얼마 떨어지지 않은 곳에 새롭게 만든 계단식 산책로가 있어 〈등산로 아님〉이라는 표지판을 설치했겠다고 짐작해 본다.

난 어제와 다름없이 왼쪽 끝에 있는 입구로 들어선다. 그리고 이제부터는 약간 넓은 보폭으로 천천히 흙을 딛고 올라선다. 흙이 제법 많이 무너져 있는 것으로 봐선 꽤 많은 사람이 드나들었던 것 같다. 하다못해 흙 위로 드러난 뿌리가 살갗이 벗겨져 허연빛을

보여 주기도 한다. 하지만 지금까지 난 이 길에서 단 한 사람도 마주친 적이 없다. 얼마나 올라왔을까! 나뭇잎에 가려진 흙길은 사각거리는 소리를 들려준다. 소리를 좇아 걸어 올라가 보니, 나뭇잎 계곡을 따라 걷는 이 길은 나무들 사이에 가려진다.

그렇게 길을 따라 오르다 보면, 왼편에 나무 계단으로 만든 산책로가 보이기 시작한다. 남산타워 방향으로 놓인 이 나무 계단은 소실점이 보일 정도로 긴 직선으로 돼 있다. 자주 드나들었던 북한산과 서울 성곽 순례길도 이런 형식의 비슷한 길을 만들어 사실 난 약간 불편함을 느꼈다. 서울 시민들 편해지라고 만든 이 길이 내게 불편한 이유는 단 한 가지이다. 습관처럼 올라섰던 몸짓을 바꿔야 해서, 그리고 내가 으레 다녔던 길이 어느 순간부턴 가면 안 될 것 같은 길로 인식이 바뀌면서 내가 가야 할(될) 방향을 잃게 되었다. 그런 어색함은 나를 편하게 인도해 주기보단 그곳을 피하게 만들어 주었다. 어느덧 남산타워로 올라가는 찻길과 마주할 무렵 땀이 이마 끝에 배어 나오긴커녕 숨조차도 여전히 고르다. 그 찻길로 전기 버스나 서울시 관광버스가 일정한 간격으로 지나간다. 그 길로 따라 올라가다 보면 내려오는 많은 사람과 스쳐 지나치게 된다. 스친 사람들의 모습을 생각하면서 걸음을 옮기다 보면 남산타워 주차장까지 심심치 않게 다다른다. 주차장엔 꽤 많은 관광객이 분주한 형태로 움직인다. 아마도 그들은 서울시의 저녁 야경을 내려다보러 남산타워를 가는 중일 것이다. 난 그들을 등 뒤로 하고 앞으로 걸어간다. 전기 버스 충전소와 매점 사이를 지나면

오른편에 이빨 빠진 난간이 보인다. 그 틈 사이로 내려다보면 현란한 발 기술이 필요로 할 것만 같은 내리막길이 보인다. 이 내리막길은 한눈에 보기만 해도 복잡하게 얽혀 있지 않음을 알 수가 있다. 어느 방향으로 내려가야 할지 매번 고심하게 되지만 그때마다 별 고민 없이 발 가는 방향, 아님 눈 가는 곳으로 걸어간다. 그렇게 얼마를 갔을까! 정신없이 발을 딛는 사이, 수많은 나무가 마치 돌무덤처럼 가지런히 쌓여 있는 형상을 보게 된다. 잠깐 멈춰 서서 주변을 둘러본다. 그런 형상을 가진 나무 무덤이 너무 많아서 허리 높이로 무심하게 잘린 나무들, 뿌리가 짧게 끊어진 채 쓰러져 있는 나무들, 쓰러지다 옆 나무에 의지하며 버티고 있는 나무들, 맥없이 나무줄기 중간이 뒤틀린 채 고꾸라진 나무들, 나무껍질이 피부의 각질처럼 일어나 고사한 나무들을 보면서 난 어느새 숲을 감상하긴 보단 한 그루의 나무를 들여다본다. 그 한 그루의 나무가 마치 독약을 흡수한 듯이 바짝 타들어 가 있다. 그리고 다시 숲을 본다. 많은 나무가 쓰러져 시야가 확보될 것 같았지만, 이상하게도 숲의 모습은 마치 우리의 삶을 닮은 듯하여, 그 무언가의 씁쓸한 기분이 마음과 눈을 어지럽힌다. 자연스러운 시간의 철학에 귀 기울이지 않은 태도는 지금의 우리 모습을 보는 것 같다. 이런저런 생각을 간간이 하면서 내려오다 보니 차 소리가 멀리서 들려온다. 이윽고 소나무가 듬성듬성 솟아오른 자그마한 숲에 들어간다. 이곳은 나를 감싸 주기에 부족함이 없는 곳이다. 그래서 그랬던 것일까?

난 이 공간을 처음부터 좋아했다. 지금에 와서 돌이켜 생각해

보면 내가 이곳에서 안정을 취할 수 있었던 것은 한 그루, 한 그루의 소나무가 꼿꼿이 땅을 지지하고 서 있어서였는지도 모른다. 어느덧 소나무들 사이로 햇빛이 색을 조화롭게 드러내기 시작한다. 가느다래서 긴 소나무와 그를 닮은 그림자가 땅을 어둡게 할 때, 난 바위에 걸터앉아 작은 숨을 내쉰다. 해가 붉은색을 띠며 밀리기 시작할 무렵 난 무릎을 짚고 일어선다. 그리고 자줏빛으로 변해 가는 해를 마주하며 남산 입구에 있는 그 공원으로 들어선다. 이곳은 여전히 운동하는 분들이 묵묵히 오늘의 할당량을 채우고 계신다. 지금 난 남산 순환로를 건너기 위해 신호등을 보고 있다. 신호등의 초록빛이 보랏빛 하늘과 무관하게 아스팔트를 비춘다.

(2011년에서 2012년으로 가는 길)

10
3분의 행복

행복한 시간은 불현듯 다가오기도 무심히 지나가기도 합니다. 그건 시간이 정해져 있는 것도 아니고 그렇다고 아무 시간 때나 다가오는 것도 아닙니다. 그냥 별일이 없어도 〈3분〉은 항상 나를 행복하게 만들어 줍니다. 그리고 나는 그 3분이라는 시간 동안 아무런 생각도 하지를 않습니다. 아니 다시 정정하면 생각하지 못한다는 것이 더 정확하다고 말할 수 있습니다. 난 그저 숨만 크게 쉬고 있을 뿐입니다. 하지만 어떨 때 보면 3분이라는 시간은 아주 긴 터널을 지나치는 것 같기도 합니다. 아니면 그냥 그 자리에서 숨이 멈추기를 원하는 것인지 모르겠습니다.

오늘은 내가 하루에 무슨 생각을 하는지 갑자기 궁금해져서 글로 서술해 보려 합니다. 서술하기 전에 나에게 하루가 어떻게 계산되는지 고민해 보았습니다. 뭐 이것이 맞는 계산법인지 확신 있게 제시할 근거는 없지만 〈일어나서 잠을 자는 것〉의 주기를 대략 하루라고 정할 수 있을 것 같습니다. 그렇다고 꼭 하루 안에 일어나는 것들을 기록한다는 의미는 아닙니다. 단지 요즘 내가 어디에 호기심을 가지는지를 하루라는 시간에 담아 보려는 것일

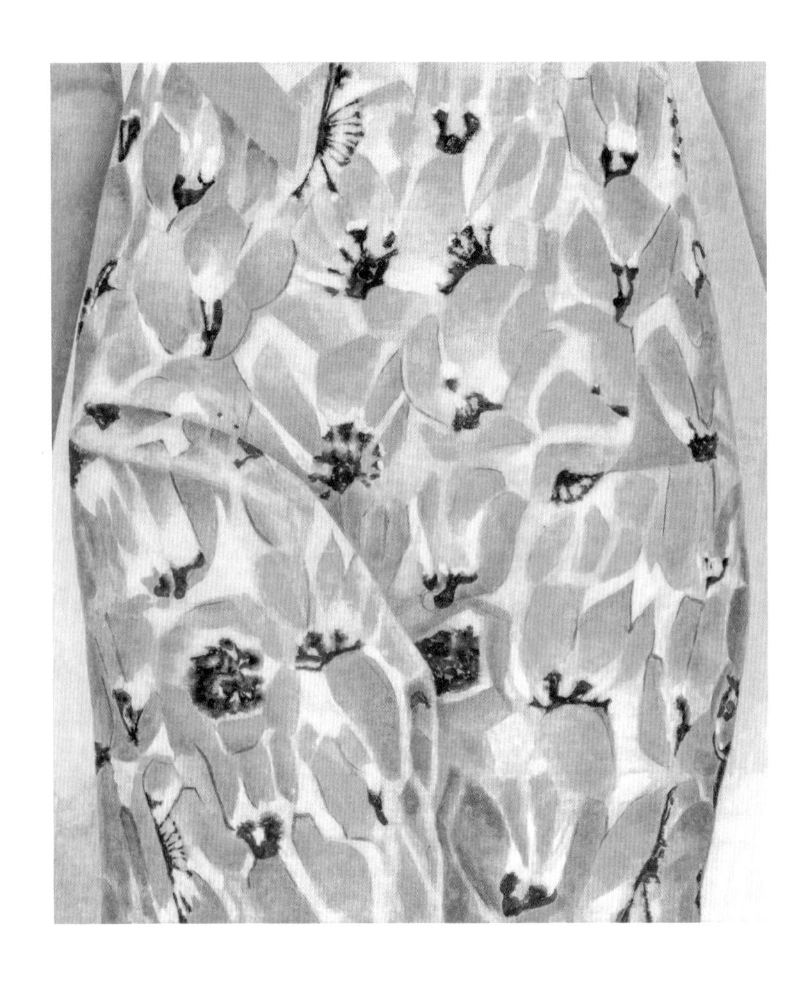

뿐입니다. 내용이 별 흥미를 주진 못하겠지만, 그나마 내가 할 수 있는 것은 짤막한 글을 통해서 나의 의미를 되짚어 보는 것뿐입니다. 당연히 글 쓰는 일이 나와는 무관하여 두서없이 적어 나가더라도, 혹 그것이 읽기에 불편함을 느끼시더라도 이해해 주길 바랍니다. 난 단지 이번 전시를 준비하면서 무슨 생각을 하는지, 그것들을 어떠한 형식으로 풀어내려고 하는지, 나 스스로 이해를 구해 보려는 바람이 있어서 글의 방향을 이런 식으로 잡아 본 것뿐이니까요. 비록 보이는 형식의 언어와 읽히는 형식의 언어가 같을 수 없겠지만, 그래도 난 왠지 모르게 이 방법이 지금의 나로서 제일 나은 방법이라 생각됩니다.

요즘 나는 아침에 일어나자마자 밥을 한 숟가락 뜹니다. 밥을 다 먹기 전에 문득 드는 하나의 잡념이 두서없이 이것저것 떠올랐습니다. 난 평상시에 쓸데없는 생각을 많이 하는 편입니다. 처음엔 모든 사람이 그런 줄만 알았는데 주변 친구의 얘기를 들어 보니 내가 조금 심하게 중구난방 식으로 생각한다는 것을 알았습니다. 그래서 그런지 몰라도 금방 한 생각을 다음 생각으로 이어가기 전에 그 이전의 것을 잊어버리기 일쑤입니다. 그런 잡생각들이 현재의 나에게 필요하다고 느낄 땐 아무 곳에나 마구 써 놓고, 얼마 후에 되짚어 보는 버릇이 생겼습니다. 간혹 그 글을 봐도 기억을 못 하는 경우가 종종 있긴 하지만 이것도 이젠 습관이 되니 몇 단어만 적어 놓아도 기억 속 상상을 지속할 수 있게 되었습니다. 최근에 든 하나의 생각은 〈난 뭐 하는 사람이지?〉 예전엔 화가라고 머뭇거림 없이 말해 버렸는데 얼마 전부터 잠시

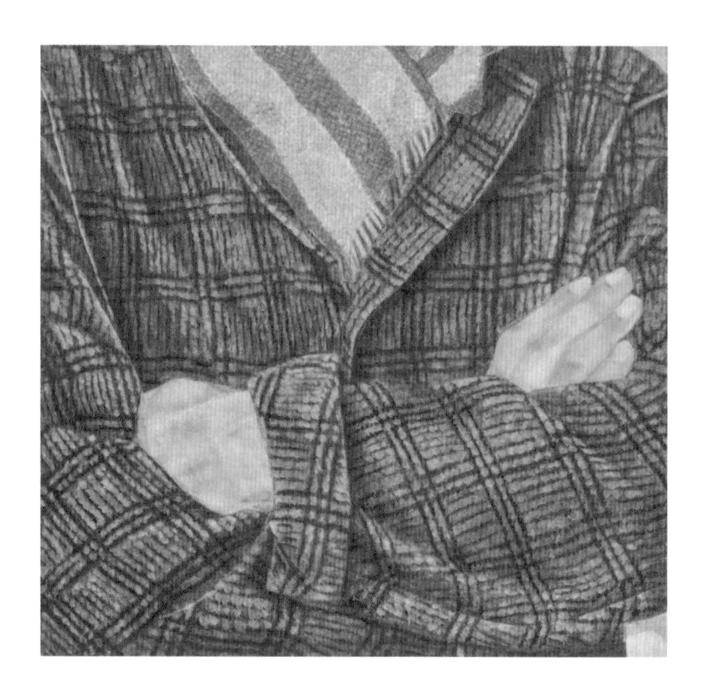

생각하고 대답을 하는 편입니다. 그림을 그리는 일을 직업으로 할 때 〈화가〉라는 명칭을 쓴다면 난 화가가 맞는 것 같기도 합니다. 그렇지만 그림을 그리면서, 동시에 잡다한 호기심을 누르지 못하고 이것저것을 건드려 보는 나를 되돌려 지켜보면, 글쎄 거기엔 약간의 혼란이 나 자신에게 숙제를 주게 됩니다. 사실 화가이든 아니든 직업이 무엇이 중요하냐고 스스로 속삭여 주지만 그게 지금의 나에겐 그렇지를 못합니다. 단지 좋아서 한다고 하는 말속의 의미가 나 자신에게 나이브하다는 것을 보여 줌으로써 안개 속에 갇힌 분위기를 만들어 주기도 하지만, 그래도 내가 쉽지 않은 시간을 오랫동안 지속했다는 것은, 가면에 가려진 나의 그림자일지도 모른다. 그런 나의 직업은 즐거울 수 있는 것일까요? 난 이 직업이 좋아서 선택한 것이기에 즐거울 것이라고 말하기도 하지만 난 지금 즐거운가요? 누구에게 물어봐도 자신만의 방향성과 기준이 다르다 보니 확인할 방법은 없어 보입니다. 이젠 커피에 우유, 설탕 두 스푼 넣고 잘 저어 봅니다. 평상시엔 약간 진한 레귤러 커피를 즐겨 마시는데 아침엔 꼭 우유와 설탕을 섞어 먹습니다. 그래야 잠이 빨리 깬다는, 몸에 밴 습관에 저절로 그런 행동을 합니다. 집을 나와서 버스를 타러 정류장에 다가갑니다. 정류장으로 가면서 버스를 탈까, 지하철을 탈까 고민하면서 버스 정류장으로 발길을 돌립니다. 버스가 왔군요. 다른 이들은 잘 모르겠지만 난 쉽게 지치는 버릇이 있습니다. 지치는 것도 버릇이 될 수가 있을까? 글쎄 잘은 모르겠지만 내 경우엔 왠지 모르게 〈버릇〉이라는 단어가 제법 잘 어울리는 것 같습니다. 쉽게 지치는

버릇에 어떤 행동 방식이 있는 것은 아니고, 그저 몸의 세포가 신통치 않은가 봅니다. 보약을 먹거나 비타민을 먹는다고 좋아지는 그런 성질의 것이 아닙니다. 그것은 〈보는 것〉에 관한 것입니다. 난, 보는 행위를 무척 좋아하는 동시에 쉽사리 피곤해합니다. 그래서 그런지 보는 버릇은 눈이 아프도록, 머리가 무거워질 때까지 무식하게 덤빕니다. 그리곤 아무 일도 못 한 채 힘없이 안락의자에 걸터앉아서 정신을 깜박깜박 놓습니다. 이것을 매일 반복하는 나를 돌아보면 참! 이게 뭔 일인가 싶습니다. 왜 나는 항상 피곤한 상태로 그런 것을 반복해야만 하는지, 그래서 나는 내 눈을 위해 그나마 할 수 있는 최소한의 노력을 합니다. 별것은 아니지만 멀지 않은 숲을 자주 찾아가는 것입니다. 누구는 나뭇잎의 초록색이 눈의 피로를 해소해 준다는데 초록이 없는 겨울의 숲도 내 눈의 피로를 맑게 해줍니다. 나는 숲에서 그 무엇도 보지 않습니다. 그냥 걷기 위해서 바라봅니다. 그러고 보니 난 산책을 별로 좋아하지 않은 것 같습니다. 말이 좋아서 산책이지 그냥 속된 말로 싸돌아 다니는 것이죠. 어딜 돌아다니는가 하면 그저 정처 없이 이리저리 헤매는 타입입니다. 학생이었을 때도 계획 없이 그냥 버스 타고 기차 타고 배 타고 그랬었습니다. 그러다 보니 뭘 하러 갔었는지 목적도 없이 힘들고, 발 아프게 걸어 다녔던 느낌과 쓸모없는 듯한 경험을 위해서 단순히 돈만 지급했던 기억이 납니다. 그때야 별생각이 없어서 그런 일들조차 좋은 추억으로 남아 있을 수도 있겠지만 지금은 왜 그러는지 나도 모를 때가 많습니다. 아무튼 무척 피곤합니다. 아! 벌써 버스를 갈아탈

때가 됐네요. 다음 버스를 기다리다 이것저것 구경하면서 버스 번호를 확인합니다. 햇빛이 도로를 비추면 피부를 골고루 태우기 위해서 팔을 이리저리 돌려 보기도 합니다. 그래봐야 몸통은 하얗겠지만 잠깐이라도 신경을 써 봅니다. 버스에 올라섭니다. 이 버스는 그리 멀지 않은 곳에 종점이 있어 그런지 난 항상 의자에 앉아서 갈 수가 있습니다. 난 버스나 지하철을 타면 그때그때 관심이 가는 글귀를 찾아 읽는 것을 좋아합니다. 그중에서 내 시선에 자주 비치는 것은 시사 주간지입니다. 뭐 특별한 사건이나 논쟁거리가 주된 내용으로 언급되고 있지만, 나 같은 경우 보통 한 주간에 있었던 문화, 사회, 정치 소식이나 국내와 국제 동향, 그리고 소소한 주변 이야기를 소설책 읽듯이 훑어봅니다. 어느덧 목적지에 도착했군요. 버스에서 내려 108계단을 걸어 올라갑니다. 그렇지만 한 번도 그 108계단의 숫자를 세어 보진 못했습니다. 그냥 툭툭 발을 옮길 뿐입니다. 나는 산책을 좋아하는 사람입니다. 아니 다시 얘기하자면 그냥 걸어 다니는 것을 좋아합니다. 가끔은 내 일에 대해 의구심과 회의를 가질 때, 무작정 걸어 다니지만 대부분은 습관처럼 도로 위를 배회합니다. 한참을 걷다 보면 그 행위 자체가 힘이 들어 안락의자에 기댄 채 잠깐 잠을 청하게 됩니다. 정신을 차리고 난 그 직후에 난 가장 좋은 마음을 가지게 됩니다.

작업실 안락의자에 손가방을 얹어 놓고 다시 문을 나섭니다. 난 오늘도 여전히 산책하러 나가고 있습니다. 생각하러 나가기보다는 이것저것 살펴보고 냄새도 맡아 보고 그저 발 가는 방향대로

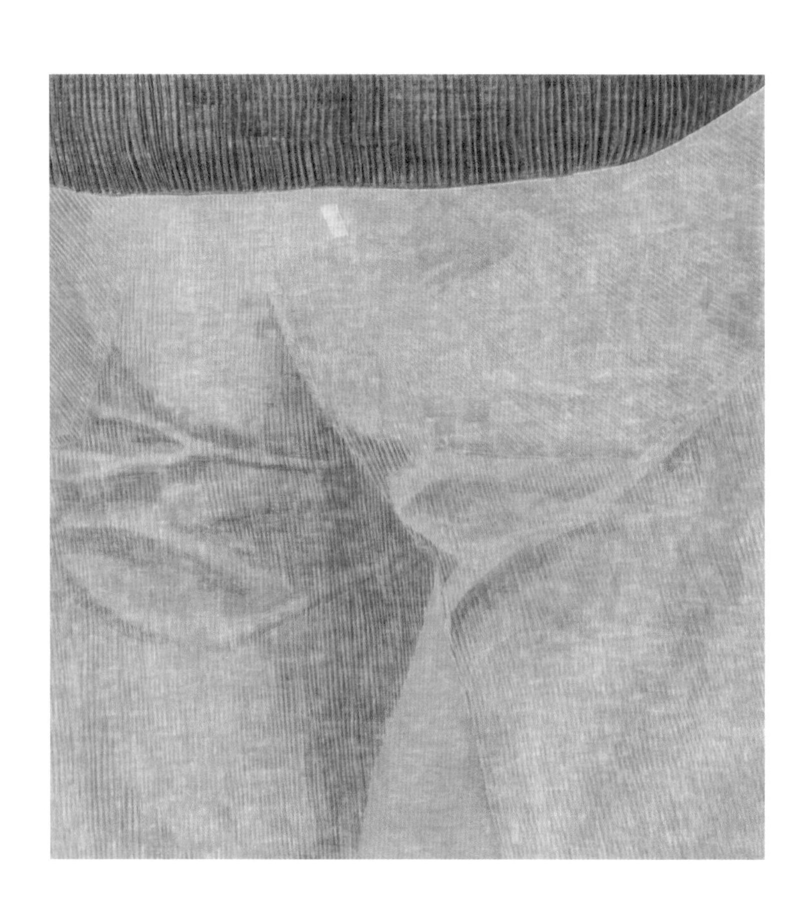

흘러가고, 생각을 이곳저곳에 흘려 가며, 부산하게 걸어가고 있으면 문득 아빠가 생각납니다. 특히 최근 들어 부쩍 아빠 생각이 자주 듭니다. 예전에 아빠랑 같이 지하철을 타고 집으로 돌아오면서 아빠의 모습을 가만히 살펴본 적이 있었습니다. 그때는 잘 몰랐었는데 근래에 와서 내 모습을 상상해 보면 그때의 아빠 모습과 굉장히 흡사하다는 것을 인지하는 순간 저절로 웃음이 납니다. 오늘은 특별히 경리단 길가에 있는 커피를 마시러 무작정 길을 따라가 봅니다. 길을 걷다가 다른 곳으로 새는 나의 한심한 모습에 오늘도 어처구니가 없습니다. 그래도 그런 여유를 부릴 시간이 있으니 기분은 좋습니다. 산을 오르내릴 때 같은 길을 습관처럼 행동하는 내 모습과는 대조적으로, 시내를 걸어 다닐 땐 이 골목 저 골목을 목적 없이 들쑤시고 다니는 편입니다. 예전에 누군가가 내 뒤를 따라가기가 까다롭다고 말한 적이 있었습니다. 그 사람의 말을 빌리자면 뒤에서 보았을 때 내 모습은 방향성에 맞추어 걸어갈 것 같지만, 항상 엉뚱한 곳으로 걸어간다는 것입니다. 이런저런 잡생각을 하다 보니 어느덧 경리단에 도착했습니다. 저렴한 아이스아메리카노를 주문하고 시선을 카페 내부에 고정해 봅니다. 그리고 시원한 커피를 들고 거리를 가볍게 걸어 봅니다. 거리의 풍경은 항상 다양한 모습을 보여 주지만 여전히 거기에 있습니다. 때론 너무 많은 정보가 금세 나를 지치게 만들지도 하지만 한가로이 길을 걸어 다니는 내 모습이 풍경 속에 스며들 때면, 사사로운 고민은 슬그머니 내 그림자에 모습을 숨깁니다. 어느덧 작업실로 돌아왔습니다. 오디오와 노트북을 켜

놓습니다. 마치 난 화가라는 직업과는 상관없는 일을 하는 사람인 것처럼 행동하지만 사실은 벽에 걸려 있는 이미지들을 수시로 살펴보고 있습니다. 무엇을 하고 있는지, 내가 알지 못하는 다른 지점은 없는지, 어쨌든 오늘 첫 음악은 무엇으로 할까 잠시 고민해 봅니다. 7~8월 한참 더위에 지칠 때 그 어떠한 음악을 틀어도 그것조차 덥다고 느껴질 때조차도 곡은 매번 신중하게 선택했습니다. 물론 선곡이 그렇게 훌륭하진 못했지만 그래도 음악을 켜 놓은 것까진 꽤 공을 들이는 편입니다. 아직도 작업실 공기가 후덥지근합니다. 집시 음악을 몇 곡 골라서 들어 봅니다. 나쁘지는 않군요. 들을 만은 합니다. 비록 난 음악을 잘 알지 못하지만 듣는 행위와 오디오의 외형을 살펴보는 것을 좋아한다는 것만으로도 음악을 가까이 할 수 있는 좋은 조건이 된다고 생각합니다. 그렇다고 항시 음악을 듣는 것은 아닙니다. 그냥 TV를 켜 놓을 때도 많이 있습니다. 때에 따라서 분위기에 맞추어서 음악을 선곡하기도 하지만 그조차 귀찮은 날에는 그냥 TV를 틀어 놓거나, 그것도 거슬리면 화면만 띄어 놓고 일을 합니다. 화면을 보지도 않고 소리도 들리지 않지만, 그 존재만으로도 나에겐 벗이 되어줍니다. 그렇지만 그런 날들이 길어지면 가끔은 쓸쓸해지기도 합니다. 오늘은 집시 음악이 귀에 알맞게 달라붙는군요. 유튜브에서 장고 라인하르트를 찾아 그의 영상을 무심히 바라보고 있습니다. 마음에 무척 든 나머지 폴더 안에 저장해 놓고 반복해서 모니터에 띄워 놓았습니다. 그의 두 손가락이 지판 위의 현을 누르는 모습과 거기에서 들리는 음률은

마치 알아듣지 못한 말로 내게 이야기를 건네는 듯합니다. 그것이 비록 내가 알아듣지 못하는 언어일지라도, 마치 난 그의 이야기를 이해한 듯이 고개가 절로 끄덕거려집니다. 곡이 끝나기 전에 글렌 굴드의 연주 모습이 떠오릅니다. 다리가 짧은 등받이 의자에 앉아 건반을 치는 모습은 기괴해 보입니다. 하지만 묘하게도 독특한 그만의 제스처에 깊이 박힌 선율은 가슴을 서늘하게 만드는 매력이 있습니다. 그가 피아노를 치면서 아무도 알아듣지 못하는 중얼거림을 할 때는, 마치 무언의 말을 통해서 연주를 지휘하는 듯한 인상을 줍니다. 그는, 속삭임으로 지휘하며 손짓으로 묘사하고 건반의 소리로 아름답게 말을 걸어 옵니다.

부정과 긍정을 수없이 반복하면서 형성된 행동 방식은 어떠한 것일까? 그러한 방식에 특별한 기준점은 없지만, 대상과 나와의 거리를 관찰이라는 형식을 빌려서 나의 태도 변화에 일정한 〈거리두기〉라는 것을 형성해 놓았습니다. 대상에서 멀어지고 가까워짐은 나에게 있어서 아직까진 습관으로 결정되는 부분이 많아 보입니다. 습관은 오랜 기간 반복되는 과정에서 자연스레 익혀진 행동 방식이지만, 습관을 분절로 잘게 쪼개어 보면 예상치 못한 결과가 도출되기도 합니다.

다들 그런 경험이 있었을 것입니다. 소리에 치여서 음악 소리조차 소음으로 인지하는 그 순간은 마치 막다른 골목길에서 벽을 마주하는 답답함이 듭니다. 사실 나는 아침에 눈을 뜨자마자 라디오를 켭니다. 제법 오래된 스피커를 통해 은근히 퍼지는 소리는 주변을 밝게 변화시켜 줍니다. 그런 분위기에 마음을

의지하는 듯한 나는, 어느 한순간에 주파수 위치가 바뀐 것처럼 마음이 어지럽습니다. 어쩔 땐 내게 어울리는 주파수를 찾으려 다양한 곡을 선별하거나 따뜻한 얼그레이 차로 진정시켜 보려 하지만 그것조차도 아무런 소용이 없을 때가 있습니다. 아직 나는 그것에 관한 현명한 답을 찾지 못했습니다. 그냥 주파수를 맞추다 힘이 들면 전원을 꺼버리면 되니까요. 난 지금 오디오를 끄고 TV를 켭니다. 내가 하는 행동 중에 반복적으로 챙기는 것은 일정 시간이 되면 약속을 지키듯이 드라마를 챙겨 본다는 것입니다. 가끔은 내가 드라마에 중독됐나 생각도 해보지만 시간 여유가 없으면 보지 않은 것으로 봐선 그런 것 같지는 않습니다. 방송 얘기가 나와서 하는 얘기이지만 시사 토론과 다큐 프로그램은 빼놓지 않고 보는 편입니다. 그러면 다양한 지식이 축적되어야 하는데 이상하게도 의심만 커지면서 방송에 관한 신빙성마저 스르르 사라지는 이유는 무엇인지 알다가도 모르겠습니다. 이젠 작업 좀 해야겠습니다. 지금부터 해도 두세 시간 정도 일할 수가 있겠네요. 나는 그림을 그리는 사람입니다. 이 일을 매일같이 반복하지만, 나의 직업에 대해서 자발적으로 질문하는 일은 그렇게 많지는 않습니다. 가끔 공공 기관에 갈 일이 있을 때 그곳에서 일하시는 직원분이 관례로 내 직업을 물어보았을 때, 그때 〈직업〉이라는 단어를 조심스럽게 고민해 봅니다. 지금은 물론 미리 준비된 대답을 할 만큼 능숙해졌습니다. 그런데 웃긴 건 내가 예전에 어떤 직종을 적어 놓았는지 정확히 기억이 안 나는 것입니다. 이런 일들이 통상적으로 일 년에 한두 번 있다 보니,

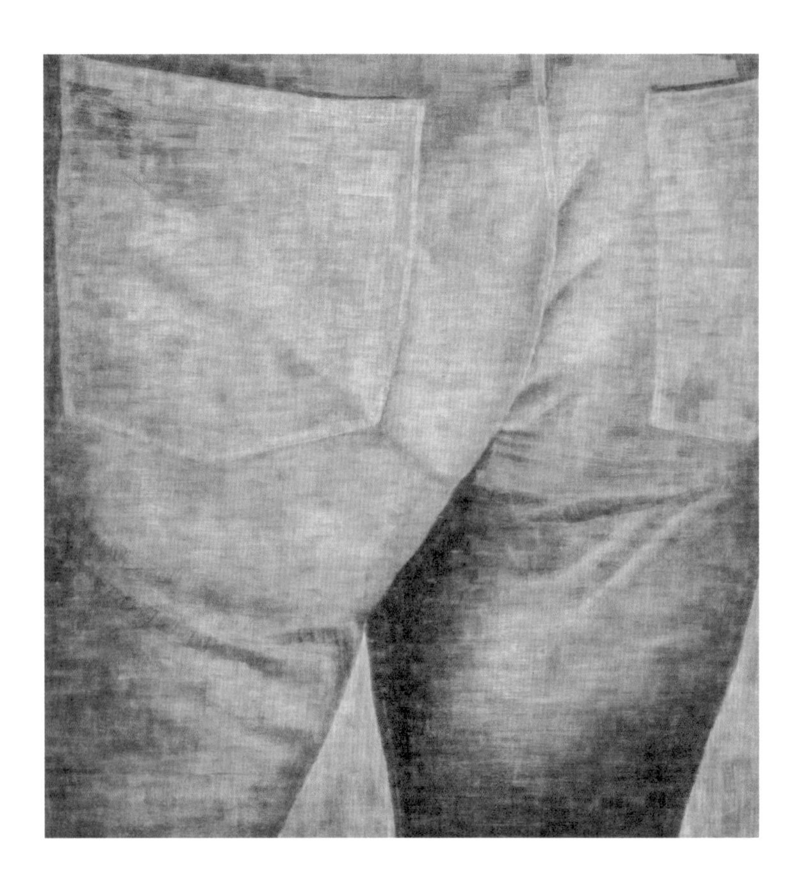

그리고 내가 가진 생각도 변하고, 혹은 그 상황에 필요한 대답을 맞출 줄 알다 보니 내 직업은 시시각각 변하기 일쑤입니다. 나는 그때마다 내 직업에 대해서 고민해 보지만 그리 오래 생각을 끌고 나가진 못합니다. 왜냐하면 적어도 내가 자란 환경에서는 직업이란 모름지기 일정 기간 일한 만큼의 대가를 얻고, 뭐, 그래야 하는데 내가 매일같이 하는 이 일은 별로 그렇지 못하다고 자신이 인정하기에 그러는 것 같습니다. 맞습니다. 내가 하는 일은 내 자신에게도 〈직업〉이라고 명함을 가지기엔 충분치 못하는가 봅니다. 이러한 일을 하는 많은 분은 나와 같은 에피소드를 마음 한쪽에 담아 두고 있을 것이라 짐작됩니다. 잠시 쉴 겸 커피포트로 따뜻한 커피를 내려 마십니다. 더운 여름이라도 보통 늦은 저녁엔 따뜻한 커피를 즐겨 마십니다. 어느덧 시간이 자정에 다가가는군요. 나도 직업을 가진 다른 분들과 마찬가지로 일정한 기간 돈 버는 일을 합니다. 이 직업은 나에게 쑥스러움을 자아내게 합니다. 왜 그런지 확실치 않지만 아직은 잘 맞은 신발을 신은 기분이 안 듭니다. 가끔은 꽉 끼어서 발톱이 빠질 만큼 아프고, 어쩔 땐 헐렁해서 뒤꿈치에 물집이 잡힙니다. 나는 〈시간 강사〉입니다. 비록 계약직이어서 불편한 점은 있지만, 공공 기관에서 무직으로 인식되는 것보다는 사회적 통념상 편할 때도 있습니다. 특히 내가 아쉬운 소릴 할 때 시간 강사라는 직업은 적어도 무용지물에 속하진 않습니다. 한번은 〈화가〉라고 대답을 했더니 어느 분이 내 직업란에 〈무직〉이라고 적은 것을 보고 적잖게 당황했었습니다. 그래도 근래엔 〈좋은 직업을

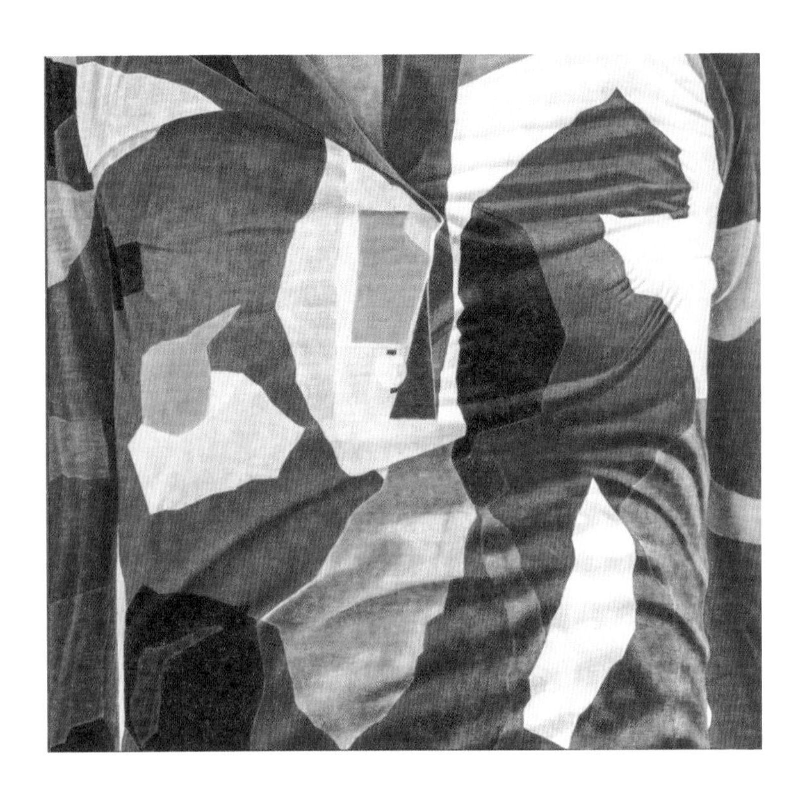

가지셨군요〉라는 덕담을 심심치 않게 듣곤 합니다. 무슨 의미로 그런 말씀을 하는지 되물어 보고 싶을 때도 있지만 말이 길어지는 것을 불편해하는 나는 그냥 간단히 볼일만 보고 끝냅니다.

이런저런 생각을 하니 작업을 하는 게 무엇인지 헷갈립니다. 나는 가끔 지금 하는 일과 내가 어렸을 적에 가졌던 꿈과 참 비슷한 점이 많다는 것을 어렵지 않게 유추해 볼 수 있습니다. 거기엔 몇 가지 공통점이 있습니다. 첫 번째로 내가 무엇을 하는지 정확하지만, 해도 해도 끝이 없고 가끔 길도 잃어버린다는 것. 두 번째로 항상 무엇인가를 바라봐야 하고 관찰을 게을리하지 말아야 한다는 점. 세 번째로 엉뚱한 상상력과 노력을 통해 빚어지는 실수가 우연히 좋은 결과를 가져다주기도 한다는 점, 그리고 본인은 그냥 바쁘지만 백수처럼 보인다는 점. 새벽이 되기 전에 3분의 행복을 담으려 문을 나섭니다. 3분이 지나 바람을 가르며 집골목으로 접어들자마자 항상 거기에 있는 다리를 저는 고양이가 자리를 비켜 줍니다. 귀찮은 듯이 슬쩍 쳐다보고 어디론가 사라졌습니다.

집에 들어선 나는 오늘 한 일을 대충 정리해 봅니다. 일기를 쓰는 것이 아니라 그냥 정리해 보는 것입니다. 부정과 긍정을 수없이 반복하면서 형성된 행동 방식은 어떠한 것일까? 그러한 방식에 특별한 기준점은 없지만, 대상과 나와의 거리를 관찰이라는 형식을 빌려서 나의 태도 변화에 일정한 〈거리 두기〉라는 것을 형성해 놓았습니다. 대상에서 멀어지고 가까워짐은 나에게 있어서 아직까진 습관으로 결정되는 부분이 많아 보입니다. 습관은 오랜 기간 반복되는 과정에서 자연스레 익혀진 행동 방식이지만,

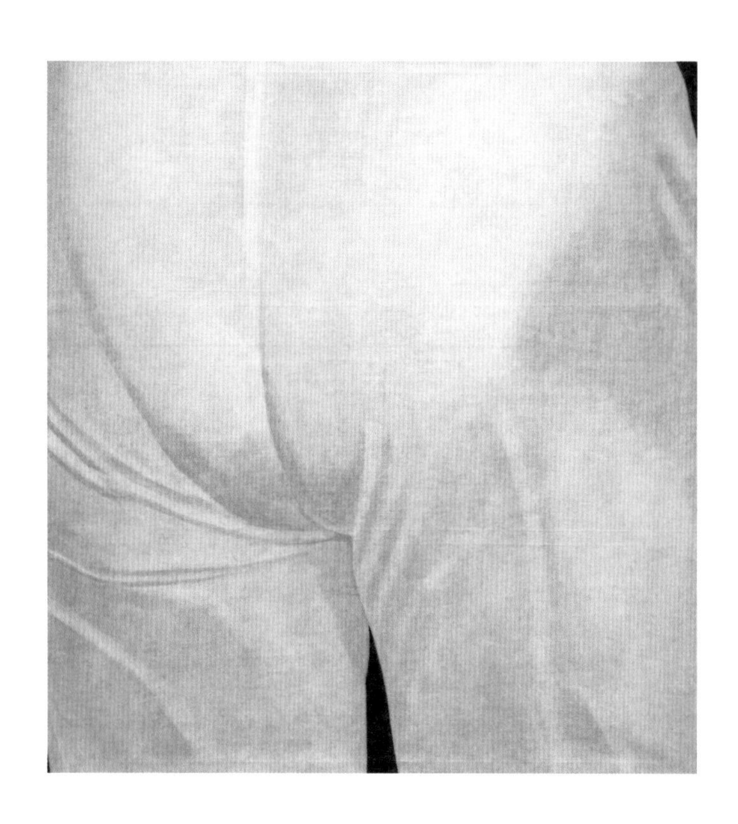

습관을 분절로 잘게 쪼개어 보면 예상치 못한 결과가 도출되기도 합니다. 침대에 기댄 듯이 누워 TV를 켭니다. 이미 정규 방송은 끝나서 다시 보기로 재밌는 다큐멘터리를 보면서 잠을 청해 봅니다.*

(2012년, 늦은 여름)

* 개인전《떼어내기 - 붙이기》를 위한 글, 스페이스 윌링앤딜링, 2012.

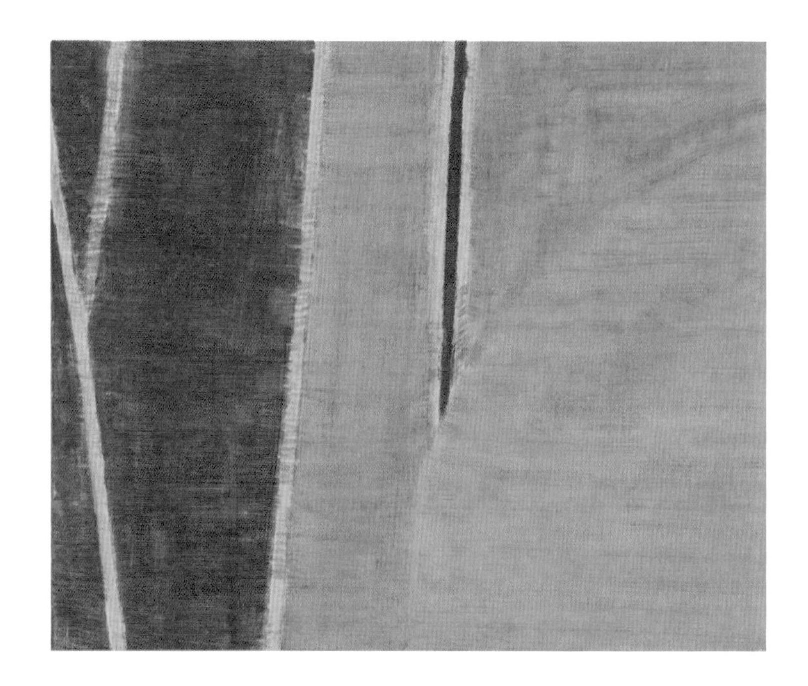

11
1983년 늦가을

언젠가부터 난 김장철을 생각하면 1983년 늦가을을 떠올리곤 한다. 왜 그런지는 몰라도 항상 그때의 기억이 나의 머릿속 깊은 어느 한 편에 자리 잡고 있다. 순지처럼 엷은 이미지에 대한 환영은 입속에서 감도는 맛과 손끝에서 느껴지는 차가움이라는 질감으로 그려지곤 한다. 다만 그 기억이 하루에 대한 것인지, 아니면 다년의 기억이 중첩된 것인지는 정확하지 않다. 그것은 아마도 내가 김장이라는 대상에 특별한 의미와 관심을 두지 않고 그 주변만을 겉돌았기 때문일 것이다. 그리고 그 당시엔 매번 내가 부엌에서 노는 것을 반가워하지 않았던 친할머니의 영향도 있었을 것이라 짐작된다. 몇 년 후엔 내가 차려 드린 밥상을 굉장히 좋아하셨지만 그래도 그땐 본인 자신의 엄격함에 대한 기준이 있는 그대로 전해졌었던 것 같다. 물론 난 친할머니의 의도가 어떠한지 아직도 알 리 만무하고 더욱이 별 신경도 쓰지 않았다. 이와는 다르게 외할머니는 내가 부엌에서 알짱거리는 것을 즐거운 눈으로 바라봐 주셨다. 이와 비슷하게 어머니도 내가 부엌에 들락거리는 것을 좋아하셨다. 매번 찬거리를 만들기나 양념하실 때마다 나를 불러

놓고 나에게 간을 보게 했던 정황을 보면 어머니는 내가 부엌에서 계속 배회하거나 참견하는 것에 불편한 내색조차 하지 않으셨다. 그래서 그런지 몰라도 그해 김장 때에도 어김없이 어머니는 배춧속을 버무리신 다음 나에게 살짝 절인 배추에 싸서 입에 넣어 주시고 어떠냐 하고 물어보셨다. 그때마다 난 〈맛있다〉는 대답 대신 〈운이 좋았네〉, 아니면 〈나쁘진 않은데〉라고 말했다. 왜 그런 대답을 했었는지 몰라도 내가 그 말을 할 때마다 어머니는 웃으시면서 한 번 더 싸주셨다. 난 그때 문득 내가 굉장히 중요한 역할을 한다고 생각했다. 〈역할〉이라고 내가 지금 한 단어를 언급했지만, 실질적으로 나에겐 아무런 역할도 주어져 있지는 않았다. 만약에 조금이나마 나에게 역할이 있었다면 잔심부름꾼 정도였다. 보통은 김장을 효율적으로 진행하기 위해선 역할의 분담이 중요 위치를 차지한다. 물론 맛에 대한 결정권을 가진 이가 제일 중요하겠지만 또 다른 시각으로 보자면 역할의 효율을 높이기 위한 공간의 분할과 각자가 맡은 일에 최선을 다하는 모습도 중요한 지점을 차지하는 것 같다. 거기엔 사람의 역할뿐 아니라 공간의 효율적인 쓰임새의 역할도 비중이 높은 지점을 차지한다. 당연히 재료 상태와 시기, 예를 들어 기온의 변화를 예측할 수 없다는 것도 어쩌면 이 모든 상황이 쉽게 돌아가지 않을 것을 짐작하게 해준다. 그래서 실질적이든 물리적이든 각각의 역할을 현명한 위치에 배치하는 것은 고도의 기술력이 드는 일이다.

우리 집은 보통 다른 집보다 2, 3주 서둘러서 장을 담그고

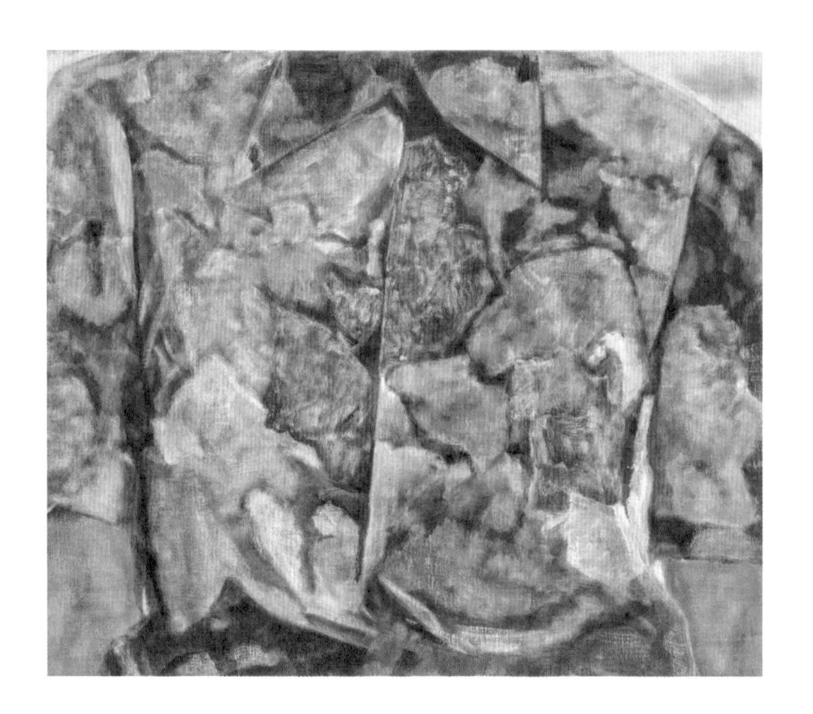

김장하는 편이었다. 왜 그리 빨리했는지 어머니한테 물어본 적이 없어서 잘은 모르겠지만 항상 우리 집이 먼저 하고 다른 이웃집으로, 그리고 친척 집으로 일손을 거두러 가는 어머니를 많이 보았다. 당시 우리 집은 2층 양옥 구조였다. 김장에 필요한 공간은 크게 1~2층과 마당으로 나누어져 있다. 그중에서 2층은 항상 제외되었는데 그곳은 형 둘이 쓰는 곳이기도 하고, 현실적으로 배추를 위로 옮겨 나르는 것도 버거우니 그랬을 것이다. 그래서 김장을 위해 쓰였던 공간은 항상 1층에 있는 부엌과 마루, 그리고 마당에서 김장에 관한 일을 했다. 그렇다고 해서 2층에서 아무 일도 안 한 것은 아니다. 어쩌면 제일 중요할 수도 있는 새빨간 고추를 높고 강렬한 햇볕에 투명하고 날아갈 듯이 말리는 것을 2층 베란다에서 하니 그 공간도 중요하다면 중요하다. 친할머니는 홀로 1층 방 한쪽에서 조용히 계시다가 가끔은, 혹은 그저 소일거리 삼아서 생강을 벗겨 내는 일을 하시곤 했었다. 그리고 할머니 방과 부엌 중간을 차지하는 마루는 격자무늬의 참나무로 깔려 있었는데, 내 기억에 집 안을 단장한다고 해서 나랑 어머니랑 같이 을지로 4가에서 직접 나무를 고른 일이 기억난다. 그때 소나무로 할지 참나무로 할지 고민하다가 내가 조금 가격이 저렴한 참나무로 하자고 했는데 마루에 나무를 펼쳐 놓으면서 잘못 선택한 것에 대해 후회했다. 어찌 되었든 그 나무로 된 마루 위에 앉아서 깐 마늘을 칼등으로 으깨고, 무는 채썰기로 썰고, 파를 다듬고 다지고, 젓갈과 고춧가루 및 갖은양념을 버무리는 이 모든 일은 그 공간에서 했었다. 이때

마루는 항상 무지 큰 자줏빛 대야와 도마, 칼을 수시로 씻어 내는 일을 반복적으로 해야 했기에 바닥이 온종일 물기로 젖어 있었지만, 당시 주택 마루에는 흔히 니스라고 불리는 것을 두세 번 두껍게 발라 두어서 웬만한 물기는 아무런 지장이 없었다. 물론 김장이라는 대소사를 위해서 니스를 바르진 않았다. 아마도 그냥 모든 집이 같은 형식을 가진 재료를 사용했을 뿐이다. 암튼 마룻바닥은 투명한 니스에 비친 무늬와 붉은색이 참나무라는 것을 암시해 줄 뿐 그냥 화학 페인트로 뒤덮인 셈이다. 그냥 방수막, 혹은 보호막, 무엇을 보호하려는지 정확하지는 않지만. 그렇지만 지금 생각해 보면 전기 청소기가 없이 빗질과 물걸레질이 주된 청소 방법이라 생각해 보면 니스만큼 편하고 획기적인 재료도 없었을 것이다. 어쨌든 김장하기에는 이 공간만큼 적당한 곳도 없었다. 그런 어둡고 침침한 마루를 지나면 부엌이다. 부엌은 바닥 난방이 들어와서 마루나 마당에 비해선 따뜻했다. 그리고 어머니가 많은 시간을 보내시는 곳이기에 밝은 공간으로 만들려고 세심한 노력을 기울이셨다. 그리고 그곳의 바닥재는 마루에 놓인 나무 대신 모노륨이라는 장판으로 되어 있었는데, 그것은 당시에 수시로 문제가 생겼던 난방 파이프 공사의 편의를 위해서 교체가 편한 장판으로 선택했던 것 같다. 지금은 파이프가 왜 그리 쉽게 상하는지 의문을 가져 볼 수도 있지만 그래도 그땐 그랬었다. 아마도 파이프의 재질의 성능과 더 중요한 지점은 연탄으로 난방해서 그런 것이 아닌가 짐작해 볼 뿐이다. 요즘에는 파이프의 재질이 효율적으로 향상되고 시스템의 변화 또한 예전과 달리

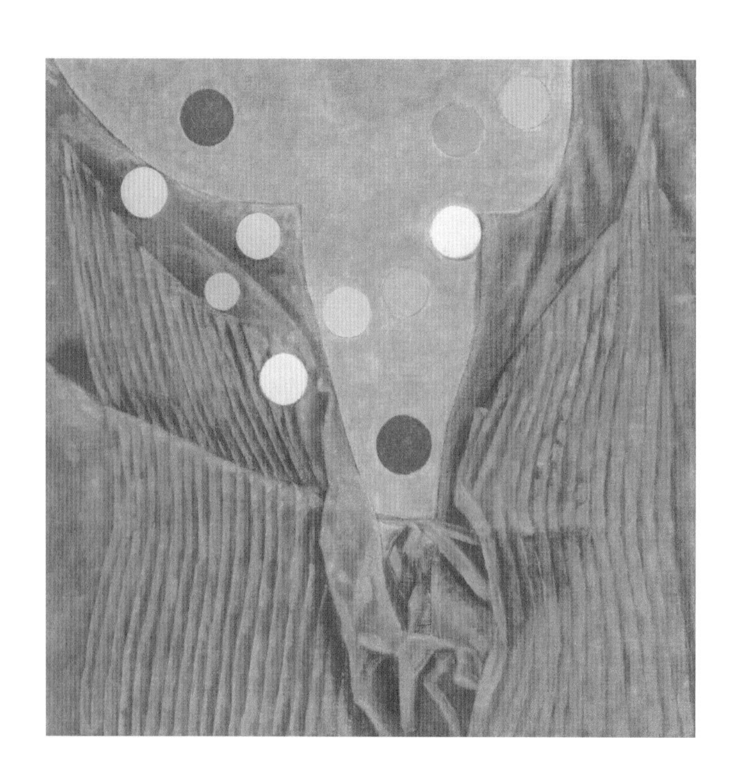

쉽게 분해되거나 조립할 수 있는 파이프의 어댑터가 시장에 나온 지 오래다. 그리고 조립식 형식을 취한 파이프와 나무의 재료로 만든 마루의 조합이 여러 효과로 이미지를 변화하고 있다. 그러한 것 중 눈에 되는 지점은 친환경이라는 언어의 선택이다. 암튼 1983년 그 당시에 친환경이라는 단어조차 없었다. 그리고 바닥이 뭐든 간에 부엌에서는 김장과 관련한 일은 하진 않았다. 대신 김장 일을 하면서 먹을 음식을 준비하고 동시에 우리가 먹을 끼니나 아버지와 할머니가 드실 밥을 어제와 다르지 않게 준비해야 했었다. 특별한 점이 있다면 돼지 보쌈과 굴 겉절이를 아주 많이 준비한다는 점이다. 어머니는 돼지비계가 많은 부위로 고기를 삶아 내셨는데 외가 쪽 식구들은 비계가 있어야 고기가 부드럽고 맛도 좋다고 여겨서였다. 특히 큰이모는 비계를 육젓에 찍어 드시면서 연신 〈난 비계가 너무 좋다〉고 얘기하셨다. 그 얘기를 들으면서 난 당시에 나름 심오한 고민에 빠졌었다. 큰이모는 진짜로 비계를 좋아하시는 걸까! 아니면 살코기를 우리 먹이려고 둘러대시는 걸까! 당시에 나와 형은 큰이모가 정말로 비계를 좋아해서 드셨을 것이라고 합의를 보았지만, 그것이 진실인지 우린 잘 알지 못한다. 하지만 나도 지금은 비계 맛에 대해 큰이모와 비슷한 지점을 공유하면서 그 당시에 큰이모가 했던 반응을 이제 알 수 있을 것만 같다. 그런 고기 한 점을 배춧속에 감싸서 입속에 넣으면 두꺼워 보이는 비계가 그렇게 고소할 수가 없다. 어머니가 편찮으신 이후론 고모가 오셔서 많은 일을 도와주시지만, 그때는 외가 쪽 이모들과 외할머니, 그리고 이웃 친구들이 와서 다 같이

돌아가며 김장을 했었다. 김장을 끝낸 후 서로의 김치를 나누어 가지는데 난 이상하게도 다른 이웃의 김치는 맛본 일이 별로 없었다. 먹어 봤지만 맛을 잘 몰랐는지, 아니면 다른 이유가 있었는지 모르겠지만 내 추측은 우리 집에 원인이 있지 않았을까 싶다. 아마도 김장의 규모에 있진 않았을까 짐작해 본다. 우리 집은 보통 배추를 한 트럭이나 한 트럭 반, 이런 식으로 주문을 넣었다. 마치 광에 연탄을 두세 장씩 함께 던져 쌓아 올리듯이 배추를 마당 한 편에 쌓아 올렸다. 그 모습을 본 나도 재미있을 것 감아서 한두 번 같이 던져 쌓아 올렸던 기억이 난다. 가볍게 던져 쌓인 배추 언덕은 그저 나에겐 놀이에 불과했었다. 지금 돌이켜 보면 그렇게 쌓인 부피감에 숨이 막혔을 것만 같은데 어머니는 싫은 내색을 한 적이 없었다. 내가 학교에서 돌아오면 그 많던 배추는 소금에 맞아서 이미 풀이 죽을 대로 죽어 힘 빠진 뭐처럼 축 늘어져 있었다. 그리고 배추를 씻어서 다시 한쪽에 던져 쌓아 올릴 때의 무게는 두 배로 된 듯했다. 몇 시인지 정확히 알 수는 없지만 마당 한쪽이 어둑어둑해지고 마당에 불을 켜야 사물을 알아볼 수가 있었다. 밝지 않은 불빛 아래에서 배추는 수돗물이 가득 찬 큰 대야 속에서 어머니와 이모들의 손놀림으로 얼렁뚱땅 목욕하는 듯 보였다. 그 모습이 재미있어 보여서 나도 같이 도와야겠다고 옆에서 기웃거려 보지만 이미 졸린 나는 물에 손을 담근 지 얼마 지나지 않아서 방으로 갔다. 내 모습에 비친 나의 역할은 거기까지였다. 결국 나는 밤새 무슨 일이 있었는지 알 수 없다. 어머니는 이 일을 꽤 늦은 시간까지 하셨던 것 같다. 내가 아침에

일어났을 땐 이미 마당은 물청소를 방금 한 듯 젖어 있었고 씻은 배추는 가지런히 마당 한 곳에 쌓여 있었다. 그리고 어머니는 마당 한편에 묻혀 있는 장독을 마른 행주로 닦고 계셨다. 계곡 같은 마당에 해가 비칠 무렵 이웃사촌과 이모들이 오셨다. 모두 부엌으로 모여서 차와 믹스커피를 타며 다음에 쓸 재료를 정리한다. 아마도 지금부터는 배춧속에 들어갈 양념을 만드는 데 많은 노하우가 필요한 것 같다. 마루에서 들리는 그들의 경험을 서로 나누는 모습을 나도 옆에서 할머니 두 분과 이모들, 그리고 이웃사촌들이 하는 말을 들어 봤지만, 덧셈과 뺄셈처럼 수치화할 수 있는 답은 처음부터 없었다. 그곳에서 오가는 말과 행위는 본인들의 경험과 거기서 비롯된 맛 취향에 관한 본인들의 방법을 공유하는 것에 불과할 수도 있다. 그러고 보면 여러 사람의 많은 의견보다는 맛을 결정하는 사람이 일반적으로 일 년에 한 번 담그는 김장인 만큼 신중해야 할 것 같지만 친할머니는 그렇게 중요하게 생각하시지는 않은 듯하다. 그에 비해서 외할머니는 장 담그는 것을 비롯하여 김장하는 것을 누구보다 중요하게 여기셨다. 그래서 그런지 외할머니는 어머니에게 이런저런 얘기를 많이 하시는 듯한데 친할머니는 별말씀을 안 하셨다. 사실 나는 친할머니가 밥상을 차리거나 요리하는 모습을 거의 못 봐서 어떤 맛을 좋아하는지 잘 알지 못한다. 물론 아버지는 친할머니의 밥상을 어릴 적에 받아 보았겠지만 6.25 전쟁 직후여서 무엇을 먹었더라도 진정한 끼니였을 것 같아 상상이 잘 되질 않는다. 가끔 작은아버지가 친할머니가 해주신 밥상에 관한 이야기를

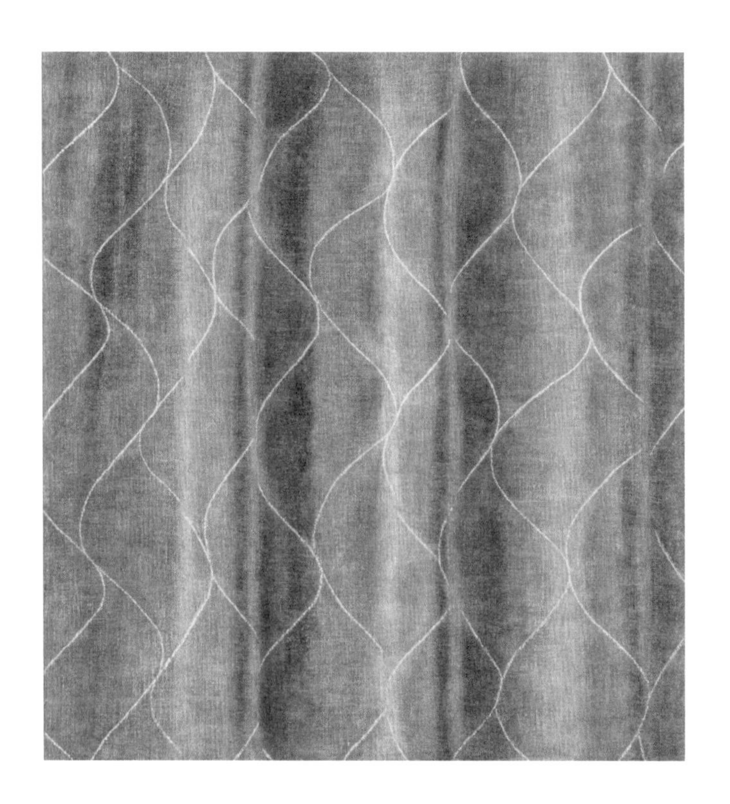

들려주었다. 별다른 내용은 없지만, 당시에 귀하다는 굴비를 구워 주셨다는 이야기는 들어 본 적이 있다. 하지만 내 수준에서 그건 요리가 아니었다. 요리는 원래 양념이 들어가야 한다는 선입견이 나에겐 있었나 보다. 뭐가 되었든 내 기억 속에는 없다. 상대적으로 외할머니가 해주신 밥은 많이 먹어봐서 그랬었는지 몰라도 외할머니의 취향을 대충은 입으로 인식하고 있다. 내가 하는 끼니의 형태와 맛은 어렸을 적에 먹어 보았던 외할머니 손맛에서 왔다고 해도 과장이 아니다. 물론 그 맛의 형태가 어머니에게 전해져 더욱 그럴지 모르겠지만 말이다. 그런 입맛을 가진 내가 다소 주관적이면서도 객관적인 형식의 말투로 얘기하자면 매년 김치 맛은 예외 없이 차이가 있었다. 우리 집도 그 예외에서 벗어나진 못했다. 물론 어디에서 가져온 배추인지, 강수량과 일조량은 어땠는지, 젓갈은 어디에서 구매했는지, 무슨 소금을 사용해서 어떻게 얼마나 절였는지, 암튼 너무도 많은 경우의 수가 있어서 매년 일정한 맛을 만들어 내는 것은 거의 불가능했다. 더욱이 이웃 친구들과는 향토색 차이로 인해서 김치 맛에 관해 늘 엇갈린 평을 늘어놓기 일쑤다. 예를 들어 우리 앞집은 서남해안 쪽 분이고 그 옆집은 내륙 쪽에서 오셔서 그런지 배추를 절이는 것부터 젓갈의 종류와 선택, 이 모든 것에 다른 형식을 가지고 있어 좀처럼 의견을 통일하기 어려웠다. 그러면서도 올해는 누구 집이 괜찮다며 서로 동의를 구하기도 하거나, 혹은 반대 의견을 내놓거나, 장독을 어디에 묻어야 하는지, 그렇게 익은 김치의 신선도는 어떤지 등등! 그렇지만 이 모든 말은 각자 경험에서

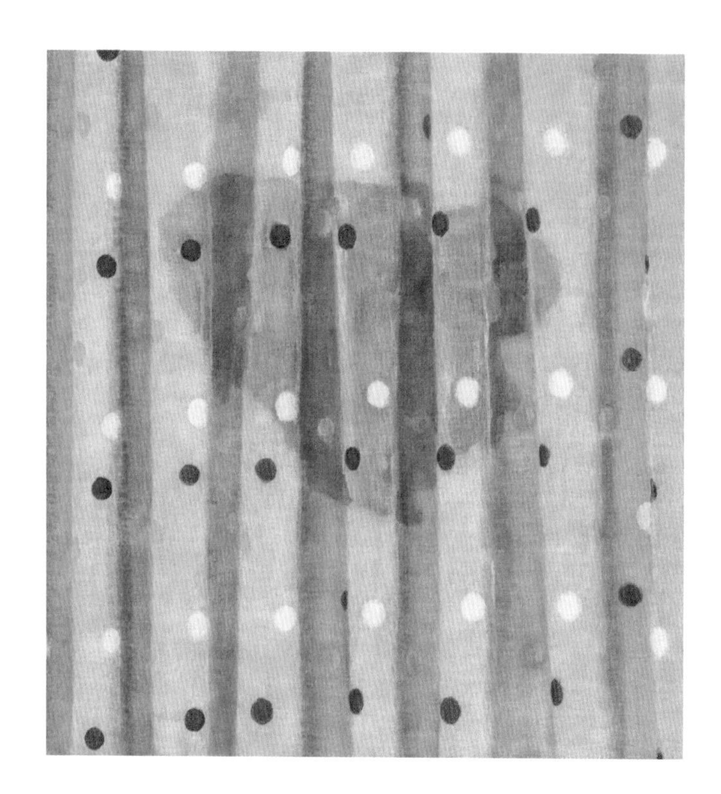

비롯된 취향을 그저 말이라는 형식으로 내뱉은 것뿐이다.

난 우리 집 김치를 좋아한다. 양념을 아낌없이 넣지만, 그 모든 것은 김치의 시원함을 위한 수단에 불과하다. 그리고 절이는 방법으로 아삭거림이 얼마나 지속되는지 그것도 나에게 매우 중요하다. 한 가지 더, 배추의 일조량이 많을 때 나오는 맛의 질감을 좋아한다. 그렇지만 이 모든 것은 외할머니와 친할머니, 혹은 이모들이나 이웃의 이야기보다 결국 어머니의 선택에 달린 것 같다. 사실 배추를 주문하는 것도, 어디 고추를 사 와서 어떠한 햇빛에서 말리는지 결정하는 것도, 소금과 젓갈은 어디에서 주문하는지 이 모든 것은 어머니의 선택으로 정해진다. 단지 너무 많은 양을 소화해 내기에 주변과 서로 도움을 나누었지만 그래도 장독에 담긴 김치 맛은 확실히 다른 집과는 확실한 차이를 보여 줬다. 심지어 같은 재료를 이웃이 동시에 주문하고 나누어 써도 다른 맛을 보였다. 우린 보통 이것을 손맛이라고 표현한다. 최근에는 이러한 손맛을 일정하게 유지하기 위해서 다양하게 노력하지만, 확실히 대량 시스템으로 생산된 김치는 손맛의 그 무엇과 다르거나 낯설게 느껴진다. 아마도 맛의 조화를 끌어내는 개개인의 방법이 알게 모르게 모두 다르기 때문이다. 아직 자동보다 수동을 좋아하는 나는 자동화된 생산 시스템을 그다지 좋아하는 편은 아니다. 그렇다고 무조건 수공예적인 것을 찬양하는 부류도 아니다. 아마도 그건 어릴 적부터 익숙한 기억이나 습성, 혹은 취향에서 비롯된 것일 거다. 그렇다면 나는 이러한 형식으로 새로운 가치를 표현해 낼 수 있을까? 아직은 잘

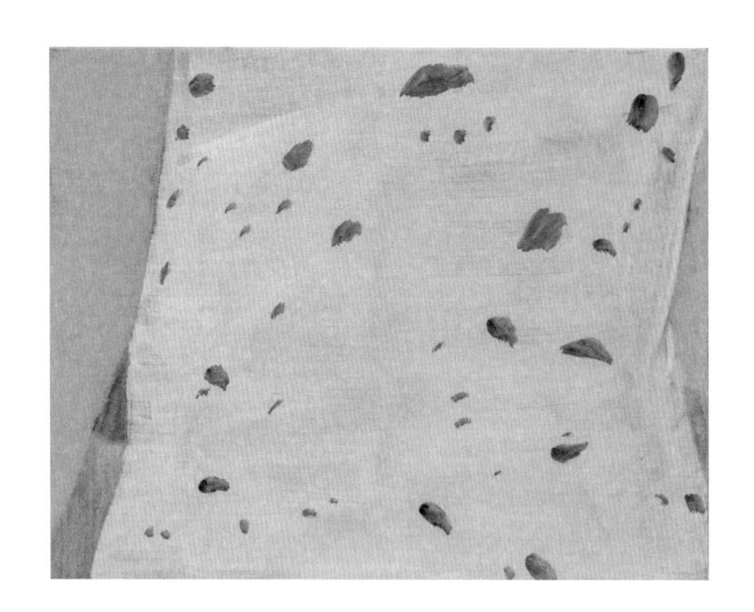

모르겠다. 대상과 그것에 관한 관심과 거리 두기, 그리고 이들의 관계로 나의 가치를 표현하려 한다면 나는 불확실한 현상을 즐기며 기생할 수밖에 없다.

(2013년 5월)

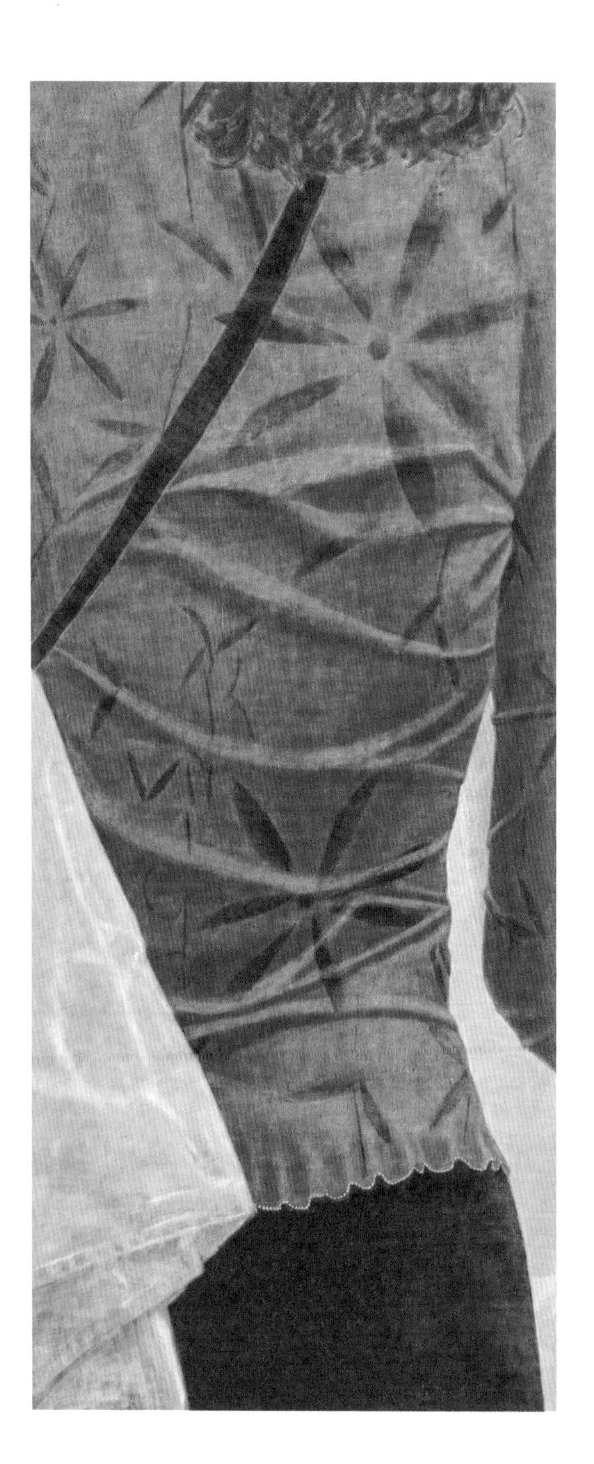

12

대상으로부터 멀어지기

작업에서 보이는 이미지는 인체의 특정 부분을 있는 그대로 확대하거나 상상력을 작업으로 표현한 것이다. 그렇게 확대한 인체의 부분에는 색, 면, 경계, 밝고 어두움, 질감 등만 보인다. 대상성이 희미해진 소재는 단어가 아니라 문장으로 읽힌다. 그리고 나는 그림을 표현하는 방법을 생각한다. 표현 방법의 차이와 사고는 나로부터 생겨나며 또한 상상력의 근간이다. 그렇게 나의 작업은 작은 이미지를 물리적으로 크게 확대하면서 시작된다. 나는 그림의 소재를 도시의 일상에서 찾는다. 피사체를 정하지 않은 채로 사진을 찍는다. 필름을 인화한 후 사진을 선택한다. 그리고 표현하고자 하는 사진 속 이미지의 특정 부분만 남겨 놓는다. 1×1센티미터 크기로 조각난 사진에는 일상의 기록은 없다. 조각난 이미지는 인체의 특정 부분이며, 거기에는 아무런 정보가 없다. 단지 그 이미지는 사진 속 한 부분이었으며, 사진에 찍힌 이미지도 도시 풍경의 한 장면을 기록한 것이다. 처음부터 내가 그리려는 특정 부분을 소재로 선택하려 했다면 조금 더 효율적인 사진 찍기가 있었겠지만 나에게 그 방법은 별로

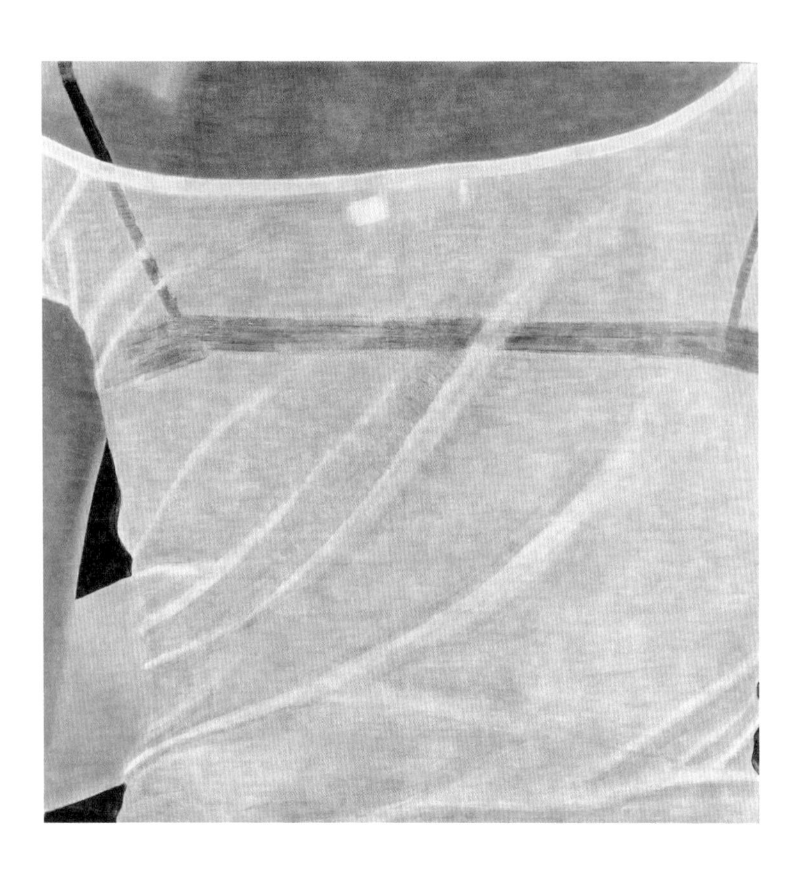

중요하지 않았다. 아마도 내가 궁극적으로 원했던 것은 사진 속 소재와 내 작업의 거리가 물리적으로 멀어지길 원한 것이다. 그렇게 함으로써 나는 소재를 있는 그대로 그려 내는 것 대신에, 재현에 관한 방법 「Untitled 01」에서 「Untitled 06」까지 작업은 〈사진 속 소재의 질감과 색감을 어떻게 표현할 것인가!〉에 초점이 있다. 결론부터 말하자면 난 〈대상(소재)으로부터 멀어지고 캔버스 표면에 가까워지기〉를 시도하고 있다. 결국 그리려는 대상이 불분명할수록 캔버스의 이미지는 나의 취미와 판단의 근거로 작동하게 된다. 이는 사진으로 보고 재현하는 것보다 그림을 그리는 방법에 관한 행위이며 관심이다. 「Untitled 07」 작업은 뒷모습을 그렸다. 보통 뒷모습보다 앞모습을 선택한다. 그런 이유는 일반적이며 편안하기 때문이다. 그런데 영화 「자브리스키 포인트Zabriskie Point」에서 연출한 뒷모습의 뉘앙스로부터 오는 생소함과 불편함은 나에게 많은 의미를 건네주었다. 「Untitled 08」과 「Untitled 09」는 이전의 작업과 구분이 된다. 「Untitled 07」 작업은 뒷모습이라는 옷감의 소재와 희미하게 비치는 살의 질감으로부터 다가오는 감성 표현에 신경 썼다면 「Untitled 08」과 「Untitled 09」는 한국의 산수를 생각하면서 진행했다. 「Untitled 08」은 메마른 대나무 잎, 그리고 옆구리조차도 임의 형태를 연상하게 하는 화면 구성으로 작업을 했다. 「Untitled 09」는 곱슬머리를 길게 늘어트린 여인의 뒷모습에서 계곡의 폭포를 떠올렸다. 나는 더욱 효과적인 표현을 위해 캔버스 크기를 145×240센티미터로 하고 붓의 표현을

과감하게 했다. 이 두 작업을 계기로 소재뿐 아니라 그림을 그리는 방법과 나의 공상, 혹은 상상이 그림으로 표현될 수 있을지 의문을 가졌다. 그리고 색감을 캔버스 위에 어떻게 표현해야 나의 상상에 부합할지 여러 방법을 시도하고 있다.

끝으로「Untitled 10」작업은 토르소 같은 상체를 지나 하체를 그린 것이다. 매번 작업을 진행하면서 작업의 소재보다는 그리는 방법론에 관심을 가졌지만 결코 소재를 가볍게 생각한 것은 아니다. 나는 1996년부터 진지하게 회화를 시작했었다. 얼굴에서 어깨로, 어깨에서 상체로 변화하게 된 시간이 4년이다. 이번에도 상체에서 하체로 이동하는 데 3년의 시간이 걸렸다. 그림을 그리는 방법론은 대화하는 것처럼 매 순간 고민한다. 하지만 소재는 대화하는 당사자이며 주체다. 개인차가 있지만 내가 일상에서 마주하고 선택한 소재는 쉽게 바뀌는 대상이 아니다. 소재는 표현하는 방법을 스스로 인식할 수 없거나 인식하지 못할 때, 소재에 변화를 주는 것이 또 다른 방법이다.

13

불확실한 관계에 대한 사색

내가 고민하는 〈관계〉라는 테제는 어쩌면 회화라는 형식 이전에 사람에 관한 그 무엇이었을지 모른다. 지금 돌이켜 생각해 보면 그 무엇이 모호함인지, 유연함인지, 불확실함인지 아직은 잘 모르겠다. 하지만 일정 부분 분명하게 다가오는 것은 내 삶의 태도에서 보이는 상식이 내가 대상을 인식하려는 사람 너머에 상흔이라는 형식을 빌려 프레임 속에 남겨 놓는다는 것이다. 그리고 이와 또 다른 시각의 차이에서 인식되는 관계 또한 어쩌면 내 삶의 불확실한 형태와 내 작업에서 보이는 모호한 형식에 서로 맞닿아 있을지도 모른다. 이는 마치 프레임에 표현된 조형 요소의 구성 방법과 취미로 얼룩져버린 표현을 통해서 내 일상의 한 단면을 소소하게 변명하듯이 말하고 있을지 모르는 일이다.

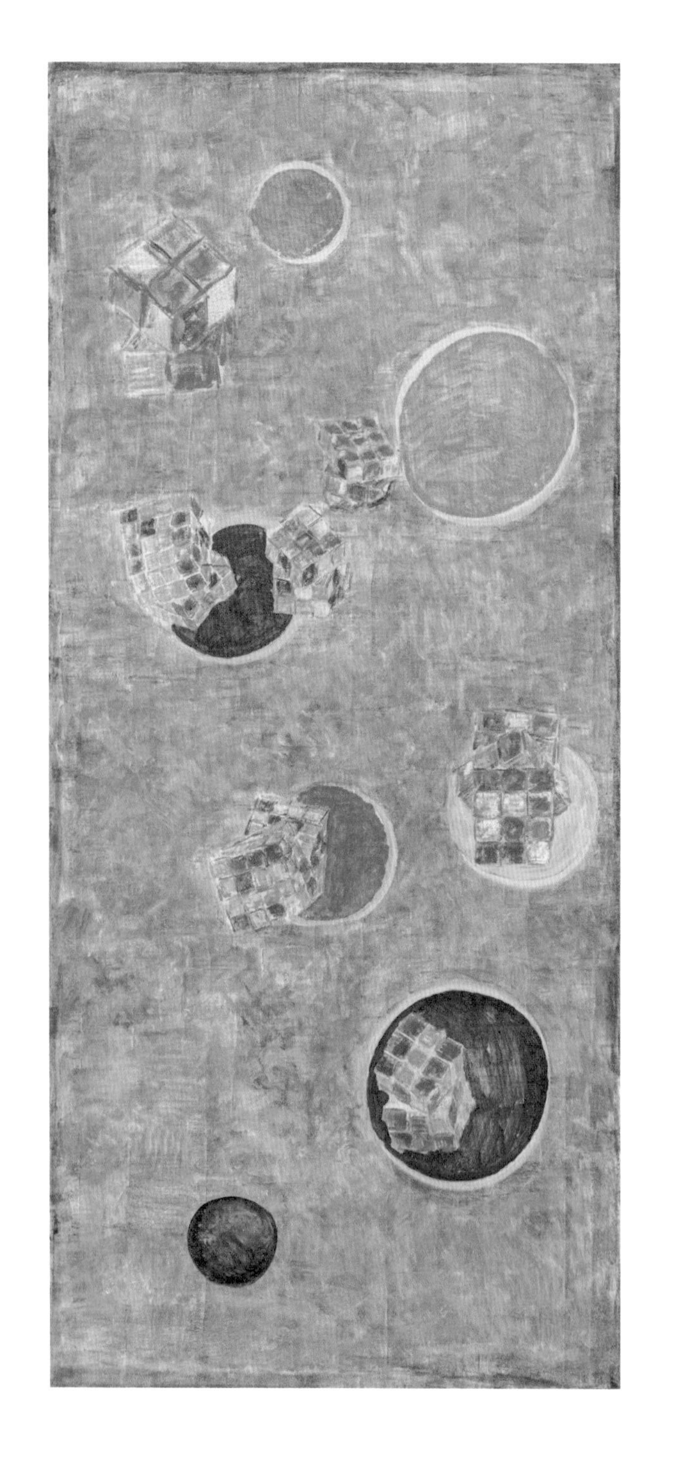

14

유토피아, 이상에서 현실로

길거리에 버려져 자신의 고유한 기능을 상실한 가구와 잡동사니들을 내 거처로 들여와 나의 주거 형식에 알맞게 고쳐 쓰기 시작한 지 10년이 훌쩍 넘어 버렸다. 물론 내가 그러한 물건을 주워다 쓰기 시작한 이유는, 그것을 가지고 집으로 돌아오는 매 순간 바뀌었지만 그래도 변하지 않는 것이 있다면 그것은 물건의 가치, 그 이상의 것을 조금씩 찾아가는 〈즐거움〉일 것이다.

아름다움의 기능성

아름다움은 인간에게 보는 즐거움을 준다. 물론 개인에 따라, 그리고 개인과 집단이 지닌 문화적, 사회적 이데올로기에 따라 아름다움은 여러 가지 성격을 띤다. 이번 전시에 그려질 세 가지 주제는 현재 우리가 사는 주거 문화의 시발점을 가장 완성도 있게 제시해 준 사례들이다. 프랑크푸르트 부엌, 바우하우스, 슈투트가르트의 바이센호프 주거 단지. 위의 사례들은 대량생산 능력을 획득한 인간이 〈모던〉이라는 시대적 변화 속에서 인간의 주거 문화를 어떻게 규정짓고 미래를 향해 나아가고자 했는지

보여 주는 결과물이다. 그 속에는 기능적인 미적 실험과 과거의 도제식 교육에서 보이는 공예적인 손맛(장인들의 숙련된 미적 감각)이 적절히 섞여 있다. 특히 바우하우스에서 실험한 교육 방식의 결과물들은 일부 대량생산 시스템과 결합하여 평등한 권리 속에서 아름다운(미적 가치를 지닌) 생산품을 모두가 공유할 수 있음을 일반인에게 처음으로 제시하였다. 비록 그것이 여러 가지 시대 상황, 그리고 시민들의 과거 생활 습관과 사고방식으로 실현되지는 못했지만 패망 후 그들이 접근한 유토피아적 사고방식은 현재의 우리에게 적지 않은 영향을 주었으며 다양한 생각을 하게 해준다.

인간적인 불편함과 기능적인(형식적인) 불편함에 대해

현재 우리의 삶은 모든 것이 쉽게 이루어지기를 바라고 더 나아가 편안한 삶(혹은 단순한 삶)에 초점이 맞추어져 있는 듯하다. 삶의 단순화는 무엇을 의미할까. 한없이 복잡해진 정신을 대신해 신체적으로는 최소치로 움직임으로서 편안함을 유도하는 것? 다시 그 육체적인 편안함이 정신적인 풍요로움과 편안한 삶으로 이어지는 것? 아름다움과 마찬가지로 편안한 삶에 대한 개인과 사회의 기준은 다양할 것이다. 하지만 나는 불편함을 이야기하려고 한다. 지금 우리가 사는 사회는 인간적인 불편함을 촌스럽게, 그리고 하찮게 여기는 것 같다. 기능과 형식은 인간에게 편리함과 기능적 아름다움이라는 미적 가치를 선사했다. 이것은 과거의 장식과 달리, 또 다른 형식의 복잡하지 않은 세련된

장식으로 변화되었으며 사람들 사이에서 작용하는 중요한 심미안 역할을 해왔다. 하지만 우리 삶의 많은 부분에서 수고를 덜어 준 합리성과 효율성, 기능적인 미와 형식은 언제부터인가 자본주의 관념 속에서 변화되었다. 애초에 이상향을 꿈꾸며 만들어 낸 기능적 미와 그 가치가 자본주의와 함께 다른 방향으로 변화되고 분리되기 시작한 것이다. 사람들은 대량으로 공급되는 물질의 풍요로움과 기계적인 시스템을 따르는 편리한 생활을 통해 최소의 노동으로 최대의 효과를 얻었는지 모르지만, 인간의 본질(예를 들어 감성, 혹은 취향)은 거기에 적용되지 못한 듯하다. 이것은 다른 방면에서 인간적인 불편함으로 드러난다. 인간적인 불편함은 고정된 현상이 아니라 우리가 살아가는 상황에 의해 영향을 받고, 그리고 영향 주기를 반복한다. 그것은 시대, 문화, 환경이 복잡하게 얽힌 맥락의 조건에 따라 달라진다. 이러한 불편함은 새로운 이상향을 꿈꾸게 하며, 또 그것을 실현하려는 원동력을 준다.

유토피아=뉴토피아

토머스 모어는 자신이 생각한 이상적인 국가의 모습을 『유토피아』라는 책에 그려 냈다. 그 후 600여 년의 시간이 흐르며 유토피아의 정의는 각 시대와 지역적, 문화적 특징에 맞게 변화되고 계획되어 왔다. 우리가 바라보고 느끼는 유토피아 역시 서구에서 제시했던 유토피아와 많은 차이점이 있다. 개인 역시 자신이 속해 있는 집단의 정체성과 개개인의 취향에 의해 각기 다른 이상향을 꿈꾼다. 이것은 당연한 일이다. 시민 계급과 노동

계급의 갈등을 해결하기 위해 사회주의자들은 평등이라는 얼굴을 가진 유토피아를 제시하였으며 자본주의는 삶을 윤택하게 만드는 물질적 풍요의 유토피아를 제시했다. 환경이라는 거대 담론이 현실에 닥치자 그에 맞는 새로운 이상향(환경에 순응하거나 극복하거나 등등)을 제시하는 유토피아가 등장한다. 또 어떤 유토피아가 있을까? 도피성 유토피아? 이번 전시에서 표현하려는 유토피아는 현실에 존재하지 않는 가상의 장소를 이야기하지 않는다. 그렇다고 위에서 열거한 유토피아의 모습도 아니다. 그것은 우리가 살아가는 현실의 대지에 뿌리박고 있다. 우리의 주거 환경과 문화를 되짚어 보고 우리가 꿈꿀 수 있는 이상향이 어디쯤 있는지 알아보자는 것이다.*

* 강석호가 공동 기획한 《유토피아, 이상에서 현실로》를 위한 전시 서문, 금호미술관, 2008.

15

당신에게

점심을 하고 조금의 여유가 생겨서 커피를 시켜 놓고 멍하게 앉아 있다 잠깐 웃었어. 당신과 나눌 대화의 시간을 기대해서 그런가, 입꼬리가 슬며시 올라가네. 예전엔 참 자주 만났지. 수다를 떨다가 미지근해져 버린 커피를 입에 대며 즐거워했는데, 최근 몇 년간 소원했던 것 같아. 우리는 주로 사회와 문화 전반의 소소한 이야기를 주고받았어. 15년이라는 그 시간이 길지 않게 느껴지는 걸 보니 나름 싫지는 않았나 봐. 물론 서로 의견이 달라서 끝말잇기를 하듯이 밤을 지새운 적도 많았지만, 괜히 같은 곳을 바라보고 있다는 심증으로 우리의 대화는 점점 흥미로워졌을 때도 있었어. 이런저런 생각을 하다 보니 그때가 나에겐 흥미로운 나날이었던 것 같아.

근래에 들어서 나는 〈말〉로써 의미 전달이 잘될 거라는 확신을 했어. 당신과의 대화에 자신감을 가진 걸까! 어쨌든 난 많은 이와 이야기를 나누었어. 그렇지만 이런 일상이 나를 얼마나 공허하게 만드는지 당신은 잘 알 거야. 우리는 항상 비슷한 일들을 경험하며

지내니 말이야.

맞아. 난 그제도 대상의 실체가 없는 말을 무수히 내뱉고 말았어. 그게 얼마나 상대방의 뇌를 마비시키는지 뻔히 아는데도 말이야. 실례로 같은 대상을 바라보면서 지나친 수사적 담론을 한다든지 아니면, 은유나 환유와 같은 방식으로 이야기하면, 보는 이의 주체와 대상은 어느 순간 우리의 현실 앞에서 형상을 슬며시 감춘다는 말이지.

이런 나를 보며 당신은 매번 지적했지. 나도 잘 알아. 그런 식의 대화는 좋지 못한 습관이라는 것을. 하지만 왜 나는 항상 그렇게 말하는 걸까! 매번 이런 방식으로 대화를 구성해 가는 것에 문제를 인식하면서, 말의 습관은 왜 그대로일까! 대화의 기술에서 상대방에 대한 배려심의 결핍일까! 어쩌면 우리의 대화에서 논쟁의 주제가 흐려지는 이유도 나의 이런 습관일 것이라 종종 생각했었어.

자아와 대상과의 사이에 거리가 있다는 사실을 전제한다 치더라도, 설령 그 틈을 언어로 표현하는 것이 자연스럽다고 해도, 대상의 본질과 그 대상을 표현하는 자아를 옳게 표현하기엔 나의 능력으론 역부족인가 봐. 어쩌면 이 또한 이론적으론 알 수도 있을 것 같지만 언제나 그렇듯 쉽지만은 않았어. 원활한 소통을 위해서 대상과 자아, 언어와 표현, 의식과 무의식 사이의 경계와 틈을

객관적으로 이해한다는 것은, 사실상 난 불가능하다고 생각했으니까.

난 이 문제를 당신과 이야기하며 해소하고 싶어. 지금까지 내 생각은 그저 의식과 표현의 틈에서 발생하는 끊이지 않은 긴장 관계, 그것이야말로 우리가 말하고자 하는 본질이 아닐까! 하고 가끔 공상해 보고 있지만 말이야. 그건 어디까지나 내 생각이니까.

오후의 기온은 이미 초여름을 지난 것처럼 덥고, 길 위의 사람들은 쉼 없이 흘러가고, 아직 냉방기를 틀기에 이른 감이 있고, 카페에 있는 이들의 표정은 다양하고, 이곳은 모든 창문을 열어놓은 채 숨 쉬는 행위를 걱정하지만, 감겨 버린 눈은 현실 기억 너머에 있지.

5월 18일. 이것을 보는 사람도 그것을 생각한다.*

* 강석호가 공동 기획한《이것을 보는 사람도 그것을 생각한다》를 위한 전시 서문, 아트스페이스3, 2019.

16
당신이 현실을 묻는다면 모른다고 말할 것이다

난 단 한 번도 당신의 말을 의심하지 않았어. 그만큼 나에게 있어서 당신은 절대적인 존재였지. 예전에도 잠깐 언급한 적 있었지만, 당신이 시내버스에서 파는 손목시계를 나에게 건네주며 〈이것은 원자력으로 가는 시계야!〉라고 했을 때도, 난 당신의 말이었기에 의심하지 않았어. 어쩌면 나는 사람의 말을 있는 그대로 잘 듣는 편일지 몰라. 하지만 이젠 그럴 수도 그러지도 못해. 모든 사물을 의심의 눈으로 바라보고 있는 내 모습이 현실에선 전혀 낯설지 않거든. 간혹 나만의 모습이라기보다는 사회적 현상의 단편일지도 모른다고 생각해. 이런 현상이 꽤 오래도록 지속되는 기분은 나만의 것일까! 아니면 지금의 내가 〈생각의 소음〉을 편안하게 받아들여야만 현대인의 일상에 표류하는 존재로 인식하게 되기 때문일까. 생각해 보면 〈너〉라는 〈생각의 소음〉은 단순히 현대인의 삶과 같이 공존하는 사회적인 현상은 아닐 거야. 봄의 미세 먼지가 모든 미디어를 흔들어 대도 우리는 항상 알고 있었어. 이것도 금방 지나갈 거란 것을. 하지만 그것이 무엇이 되었든 너는 〈결〉이 다르게 우리 내부의 한편에 항상 있었지. 그것은 마치 현대인의

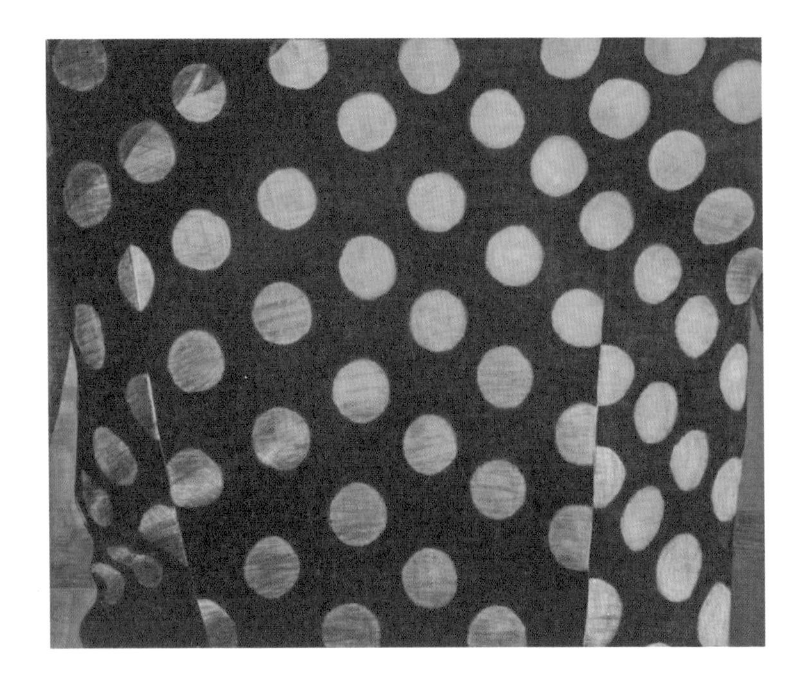

질병 같아. 전염병처럼 우리의 삶을 잠식시키지. 때론 현실 그대로의 모습이 아닌 변형된 혹은 다른 존재가 되기도 해. 그렇게 넌 우리 곁의 삶에 기생하며 평소의 모습을 유지할 거야. 사실 넌 전염병도 질병도 아니야. 네가 나의 현실에 같이 공존하게 된 지금, 불안전하지만 가끔은 흥미롭게도 해. 그래서일까, 현실의 나는 사유의 숲에 갇혀 길을 잃을 때가 많아. 그래도 난 항상 너와 같이 숨을 쉴 때, 비록 익숙한 풍경이 아니어도 괜찮다고 생각했어. 어디든 상관없이 가까이 다가갈수록 수많은 겹을 가진 또 다른 네가 나를 마중 나올지라도, 그렇게 나와의 간격을 좁히며 긴장감을 높이고, 나의 모습이 어느 위치에 있는지 가늠조차 할 수 없더라도, 그렇게 먹먹히 서서, 의심과 부정의 시선으로 너를 마주하면 할수록, 진실을 의심하게 되고, 자기주장을 강하게 역설하는 원인이 되겠지. 얼마 전에 만난 화가의 이야기를 듣고 현실에 갇힌 자아 덩어리를 상상했어. 근데, 자아라는 단어의 표현은 왠지 항상 어둡게 느껴져. 그래도 작업실의 분위기와 작업에서 드러나는 기운은 외로운 사고를 하는 자아가 세련된 형식의 붓질을 미묘하게 하더군. 마치 현재에 보이는 외적 형상이 아닌, 내적 현실감의 무게를 무심히 대처하려는 재치에 가까워 보였어. 어쨌든 그렇게 표현된 화가의 몸짓과 시선은 나에겐 별 의미 없게 다가왔어. 단지 화가의 즐거운 상상을 몰래 훔쳐보는 기분이랄까. 난 화가의 이야기를 듣는 중에 문득 웃긴 생각이 났어. 그가 자신을 자랑스러워하는 그 무엇이 있다는 거야. 나는 언제쯤 나를 자랑스럽다고 생각했을까. 아마도 2002년 축구 경기를 보는

동안 자신을 스스로 자랑스러워했던 것 같아. 그 당시 독일에 머물고 있을 때여서 더 그랬었는지 몰라. 그리고 시간이 흘러 자랑스러움에 대한 나의 태도를 견제하기에 이르렀지. 세련된 문화의 삶과 자신을 자랑스럽게 여기는 태도를 같은 선상 위에 놓는 소행마저 촌스러운 것이라 느꼈거든. 그 이유가 뭔지 알 수 없지만 말이야. 그렇게 십여 년을 보내던 어느 해, 수많은 이에게 〈좌절〉이라는 단어가 전혀 낯설지 않았던 그해, 그 덕분이라고 말해야 하나. 2002년에 광장 문화를 직접 경험하지 못한 아쉬움을 〈좌절〉과 함께 경험하게 되었어. 자발적인 공동체의 형성과 대치되는 힘의 균형이 나의 존재를 각인시켜 주었어. 비록 이 두 경험의 근원적인 측면이 같을 수 없지만, 각양각색의 존재감들이 보여 준 광장의 한 장면을 뭐라 표현할 수 있을까. 지금도 나는 불안한 현실과 다양한 사유의 불신에서 기인한 사회 구조에 살고 있어. 하지만 난 〈인간의 조건〉을 다시금 생각하고 싶어. 〈오직 우리가 행하는 것을 사유하겠다〉라는 누군가의 말이 요즘 자주 떠오르는 이유가 이와 무관하진 않겠지. 간혹 정치인들의 말을 듣다 보면 동물 농장과 다르지 않다고 생각될 때도 간혹 있지만. 어쨌든 다시 한번 자신을 스스로 자랑스러워하는 예술가들의 욕망에 지금 주목해야 한다고 생각해. 상대적으로 많은 예술가가 현실의 이면에 더 관심을 가지는 것은 자연스러운 일인 것 같아. 그 이면이, 현실의 전반적인 면을 대변할 수 없지만, 이면의 현실에 상대적으로 많은 문화인이 관심을 가지게 되는 것은, 미디어를 통한 정보에 지쳤고, 신뢰를 잃어버린 사회 구조의 현실을 다시

보려는 거겠지. 난 이런 예술가들의 역할이 중요하다고 생각해. 근래엔 그마저도 소용없어진 것 같지만. 예술과 현실 정치 참 어렵지. 그냥 내 머릿속을 헤집어 놓은 기분. 사실 난 현실의 이면보다 표면에 관심이 더 많거든. 난 표면과 이면이 어떻게 공생하고 구성되고 있는지 잘 몰라. 현실의 난, 이전의 내 모습도 미래의 나도 아니더라고. 지금 여기에 서 있는 나로부터의 그림자, 거기까지의 거리와 면적이 내 현실이겠지. 하지만 난 부정할 거야.*

* 강석호가 공동 기획한 《당신의 삶은 추상적이다》를 위한 전시 서문, 아트스페이스3, 2019.

17
겹겹겹

A는 사물을 본다.

A는 그림자를 본다.

A는 사물에 비친 그림자를 본다.

A는 그림자를 본다.

A는 사물을 본다.

A는 그림자가 투영된 사물을 본다.

그림자는 A를 잘 알지 못한다.

그림자는 사물을 잘 알지 못한다.

그림자는 A와 사물과 다르다고 생각한다.

그림자는 사물을 잘 알지 못한다.

그림자는 A를 잘 알지 못한다.

그림자는 사물과 A를 의심한다.

사물은 그림자이다.

사물은 A이다.

사물은 그림자이며 A이다.

사물은 A가 아니다.

사물은 그림자가 아니다.

사물은 A가 아니며 그림자가 아니다.*

* 강석호가 공동 기획한《정보의 하늘에 가상의 그림자가 비추다》를 위한 전시 서문, 아트스페이스3, 2020.

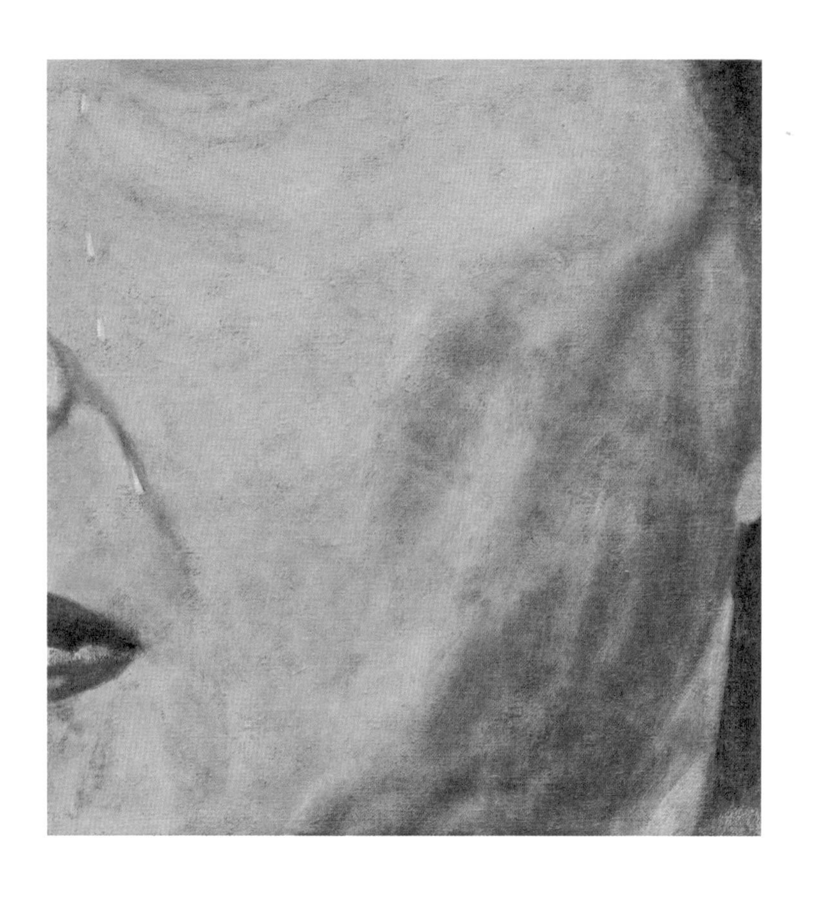

18
무제

그림이 내 〈마음〉에 드는 순간, 그때는 아무런 이유가 없다. 그냥 무엇인가가 성에 찬 것인데 그것을 설명하자니, 정말 난감이다.

요즘 들어서 내게는 작은 변화가 생겼다. 작업을 대할 때의 태도가 바뀌었다. 으으, 물론 얼마나 지속될지는 모르지만 그래도 나에게 있어서, 이 변화가 흥미로운 것은 사실이다.

언제부터인가 난 내 그림을 보면서 스스로 물어보는 습관이 생겼다. 그대로 적어 보자면 〈이게 뭐지?〉, 〈뭐 하는 거지?〉 이게 작업하면서 자신에게 할 소린가! 난 계속 딴짓하다가 매일 이것을 머릿속에서 빙빙 돌리고 있다. 뭐 그렇다고 별다른 스트레스는 없다.

내가 자신에게 계속 질문하는 것은 그림 속의 〈대상〉이 무엇인가? 하는 질문이다. 작업을 본격적으로 하기 시작한 후부터 이것에 관한 질문은 계속됐고 앞으로도 그러할 거라 짐작된다. 〈대상〉은

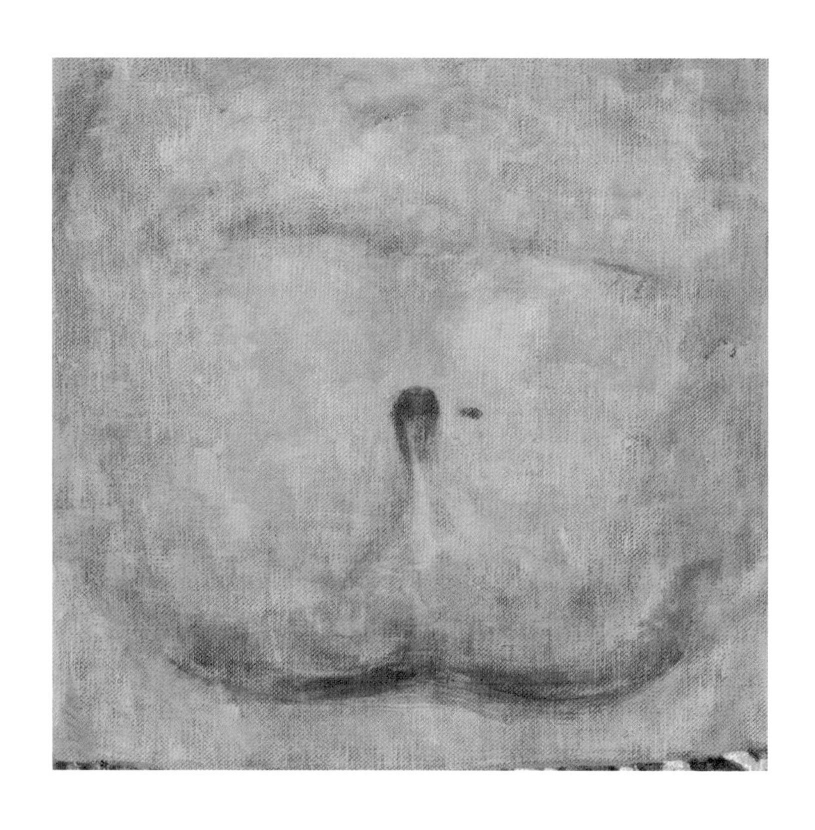

나의 취미에 따라 매 순간 다른 색을 띠게 되는데 그것이 어떠한 방향으로 흘러가는지 나 자신도 짐작하기가 힘들다. 어쨌든 그것은 일정한 관찰로 인하여 결과물의 유사성을 보여 준다. 또 어쨌든 〈대상〉은 쓸데없는 상상으로 나타난 적절한 나만의 즐거움을 준다. 또 어쨌든 꽤 합리적인 변명을 위하여 희생됐다. 그리고 정말 〈대상〉다울 때도 있었다. 그래도 그것은 사진 속의 이미지, 그것이다.

이미지가 내 〈마음〉에 드는 순간. 그때는 아무런 이유가 없다.*

* 강석호가 기획한《한국의 그림 — 사진을 그리다》를 위한 전시 서문, 16번지, 2011.

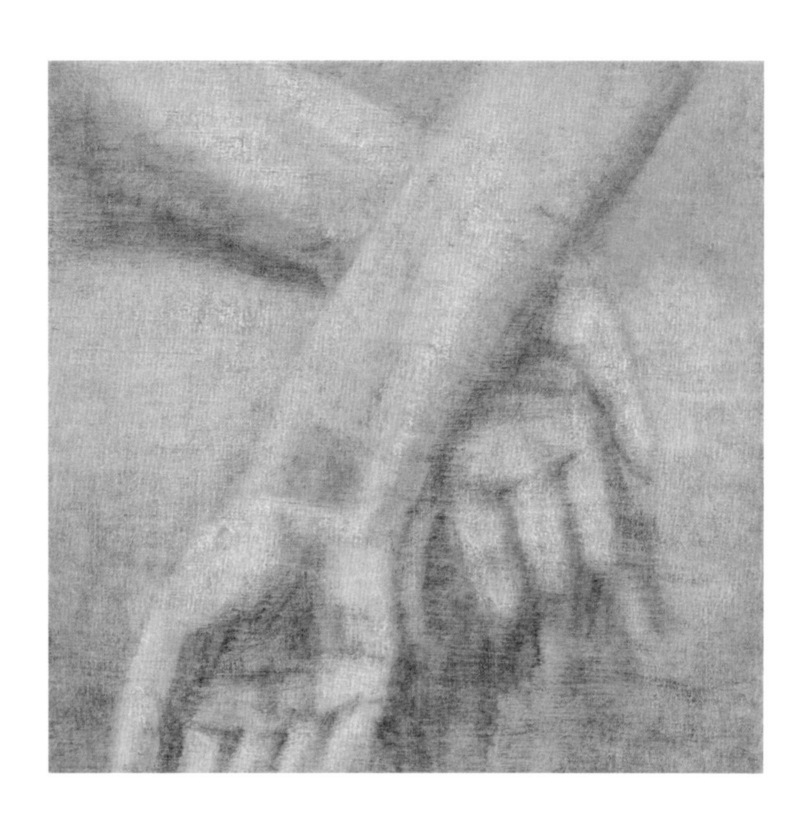

19
무제

피에로 델라 프란체스카를 찾으러 가서

조르조네를 알았고 조르조네가 궁금해서 마주한

그곳에서 틴토레토를 봤으며, 틴토레토를 알고 싶어서 다가간

거기엔 티치아노가 내 눈앞에 있었다.

그렇게 벌써 5년이 지났다.

시간은 나의 기억을 망각이라는 지혜의 곡선에 실어 버렸다.

지금의 나는 익숙한 시간으로 얼룩진 흰 벽면을 마주한다.

20
한국의 그림 — 매너에 관하여

《한국의 그림》이라는 전시는 2011년 《사진을 그리다》에서 2012년 《매너에 관하여》로 이어졌고, 두 번째 전시를 하이트컬렉션에서 개최하게 되었습니다. 전시의 기획 의도는 처음과 변함없이 〈현재〉 시점에 〈한국〉이라는 장소에서 일어나고 있는 회화적 현상을 관찰해 보자는 것입니다. 부분적으로 변한 것이 있다면 전시의 소주제가 달라졌다는 점, 참여 작가의 나이가 상향 조정되었다는 점, 그리고 2011년 첫 번째 전시에 참여한 작가들이 이번 전시를 위한 인터뷰에 참여했다는 점들이 있습니다.

《매너에 관하여》라는 전시를 기획하기 전부터 작가인 저에게 매너는 매우 흥미로운 주제였습니다. 그 이유인즉슨 항상 〈나에게 매너란 어떤 것인가〉에 대한 물음이 컸기 때문일 것입니다. 제가 가진 의문을 전시라는 형식을 빌려서 살펴보려고 하는 것이 무모해 보일 수도 있겠습니다. 하지만 그런 무모함이 전시 구성을 미처 예측하지 못한 부분까지 흥미롭게 해주었습니다. 단지 회화 속에 매너가 무엇인지에 대한 의문에서 시작해서 〈매너〉 그 자체의 의미를 알기 위해 여러 책을 뒤져 보기도 했으나, 그림을

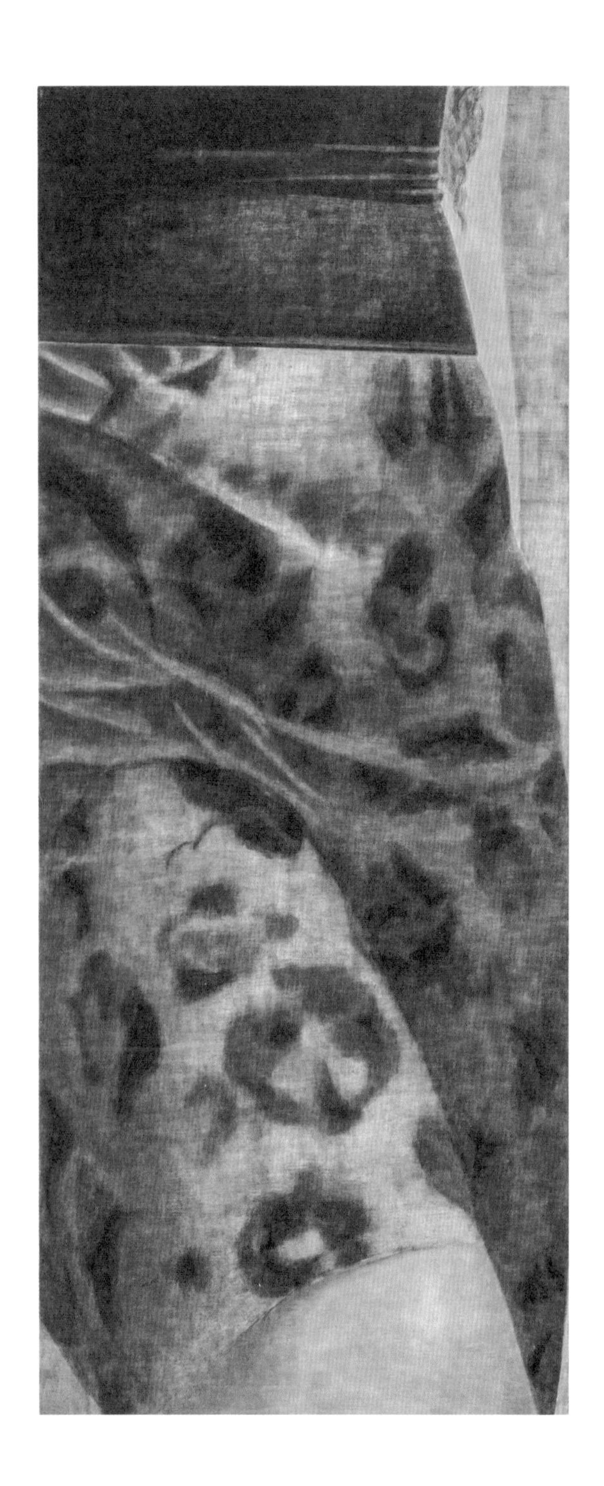

그리는 사람인지라 인문학적 접근은 저에게 알맞은 방법이 아니었습니다. 그래서 본인만의 독특한 매너, 즉 회화의 기술과 형식을 지속적으로 관철해 나간 작가들을 만나서 이야기를 나누어 보아야겠다는 생각에 이르렀고 인터뷰라는 형식을 바탕으로 한 전시를 구상하게 되었습니다. 각기 다른 회화적 방법과 삶의 태도를 토대로 꾸준히 활동하고 있는 작가 김선두, 김지원, 민정기, 박대성, 유근택, 이광호, 제여란, 홍승혜를 만나 본격적인 인터뷰를 하기 앞서서 공통 질문지를 서면으로 보냈었습니다. 그리고 인터뷰에서는《사진을 그리다》전시에 참여했던 작가들이 평소 궁금해하던 작가에 대하여 사전 조사를 기반으로 세부적인 질문을 하고 대화를 이어가면서 첫 번째 소통이라는 즐거운 경험을 하였습니다.

고대인들은 존재를 표현했고, 우리는 보통 그 효과를 표현한다. 그들은 무시무시한 공포를 묘사해 놓았고, 우리는 무시무시하게 묘사해 놓는다. 그들은 감미로운 것을 묘사했고, 우리는 감미롭게 묘사해 놓는다. 그래서 모든 과장된 것들, 매너리즘에 빠진 모든 것, 모든 허위의 우아가 생겨났다. 왜냐하면 우리가 효과를 조작하거나 효과에 따라서 작업을 한다면 우리는 그 효과를 충분히 느끼게 할 수 없다고 믿기 때문이다.
— 요한 볼프강 폰 괴테

선배 작가들과 인터뷰를 진행하면서 〈매너〉에 대한 생각을 잊어버리곤 하였습니다. 짐작은 했었지만 그 느낌은 사뭇

달랐습니다. 그건 아마도 작가들이 일상에서 매너를 인식하면서 작업해 왔던 것이 아니라, 지금까지 작업을 하다 보니 그 〈무엇〉이 형성되었다는 것을 알게 되었기 때문입니다. 그 무엇은 회화의 기술일 수도 있으며 작가의 태도일 수도 있으며 이데올로기에 대응하는 작가의 자세일 수도 있으며, 혹은 이 모든 것을 부정하는 동시에 갈망하는 것일 수도 있습니다.

이번 전시를 진행하면서 어렴풋이나마 느낄 수 있었던 것은 그림에서 드러나는 매너와 글로 표현되는 매너, 그리고 인터뷰를 통해 말로 이야기되는 매너가 서로 다른 의미로 다가왔다는 것입니다. 특히 인터뷰를 통해 느낀 또 다른 것은 소통과 공감에 있어서 매너가 중요한 부분을 차지하고 있다는 것이었습니다. 그 부분을 별것 아닌 것처럼 넘길 수도 있겠지만, 사실 인터뷰에는 세대 간의 차이뿐만 아니라, 이해를 얻기 위한 입장과 이해해 주기를 바라는 입장의 차이가 기본적인 전제로 존재했습니다. 그래서 소통의 형식이 이번 인터뷰에서 중요한 지점이었습니다. 현실에서 우리의 대화나 토론은 주로 부정과 무시로 일관되는 경향이 있어서 그런지 몰라도, 넓은 의미의 매너를 이해하기에 우리가 취하고 있는 소통의 형식이 큰 걸림돌임이 분명하겠다고 생각했습니다.

매너는 개인마다 다른 것으로 다룰 수도 있겠지만, 인간 대 인간의 관계, 그리고 사회 전반에서 일어나고 있는 현상에서도 인식할 수 있는 매너의 한 축이 있을 것입니다. 그리고 그림을 그리고 작품을 만드는 일도 그것을 기호로 하여 내가 아닌 다른

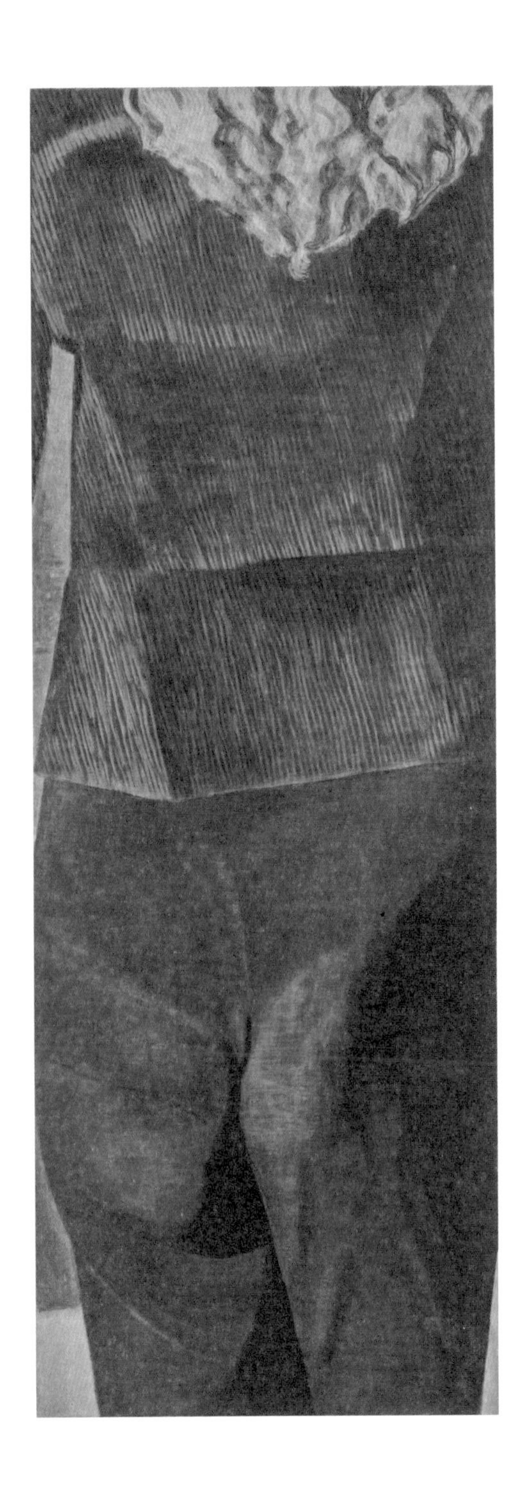

대상, 즉 인간, 사회, 역사와 같은 것들과의 소통을 표현하고 있는 것인지도 모릅니다. 중요한 것은 매너가 특정 시기에 나타났다가 사라지는 것이 아니라 역사적, 지리적, 문화적 변화에 민감하게 반응하는 현재 진행형이라는 점입니다.

당신은 전시장에서 무엇을 보았습니까? 작품 속에서 당신은 무엇을 느꼈습니까? 인터뷰 글을 통해서 당신은 무슨 생각을 하였습니까? 당신의 매너는 무엇입니까? 우리의 매너는 무엇입니까? 한국 그림의 매너는 무엇입니까?*

* 강석호가 기획한《한국의 그림 — 매너에 관하여》전시 서문, 하이트컬렉션, 2012.

21

사물과 사건의 기억

요즘 나는 〈모노 반(모노 엘피-반)〉의 매력에 빠져 있다. 이미 60~70년의 세월이 흘러 전반적으로 상태가 좋은 〈반〉을 구하는 것이 쉽지 않다. 모노 반을 구하려 무작정 발품을 팔아 보기도 하고 무모하게 이베이를 통해 몇 장을 구해 보기도 했다. 물론 반에 수록된 곡들과 연주자가 마음에 들어 구매했다. 하지만 음악에 대한 선곡보단 모노 반의 녹음 방식과 현재 운용되는 앰프 및 스타일러스 상태와 카트리지, 그리고 승압 트랜스와의 궁합이 반을 선택하는 기준에 매우 중요한 역할을 한다는 것을 차츰 알아 갈 뿐이다. 그런데도 난 LP 전문점에 쪼그리고 앉아 한 두어 시간을 뒤적거리고 있다.

작업실 한편에서 퍼지는 음악은 때론 맑게 들리기도 하고, 수수하나 진득한 뉘앙스를 가지기도 한다. 한 음, 한 음이 이어져 전달되는 곡은 나의 귓가에 곡의 서사를 속삭이는 듯하다. 그렇게 우리는 어떤 음을 듣는 순간, 이전의 음이 기억되고, 그다음에는 기억된 음이 기억되고, 그렇게 현재는 점점 더 희미해져 가는

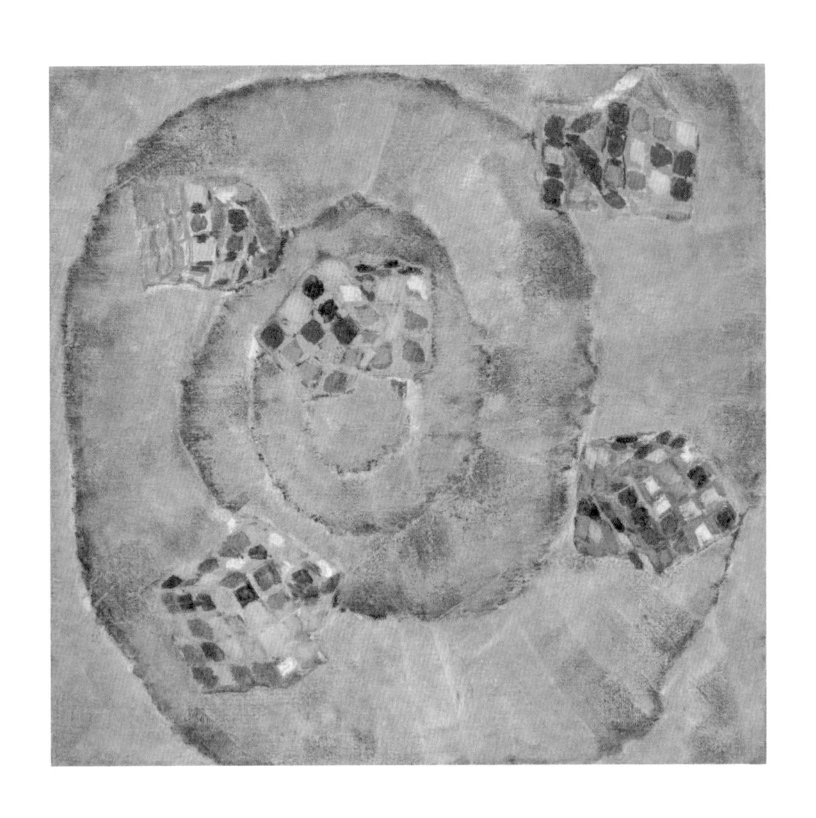

과거의 연속적인 흔적들을 포함하게 된다. 후설은 이러한 보존 과정을 통한 현상이 〈시간을 구성〉한다고 봤다. 우리는 시간이라는 것이 당신이 서 있는 위치와 환경에 따라서 물리적으로, 혹은 심리적으로 각각 다르게 흘러간다는 것을 인지하고 있다. 그렇다면 당신에게, 그리고 나에게 시간이란 무엇일까.

나는 오랫동안 시간이 무엇인지, 어떤 것인지, 나에게 어떤 의미인지, 그 본질에 다가가려 했다. 그렇게 수없이 많은 날을 보냈음에도 내가 지각할 수 있는 보통의 시간은 하루 단위에 불가하다. 하루를 24시간으로 1시간을 60분으로 1분을 60초로 나누거나 더한들 나에겐 별 의미 없이 다가온다. 그것보단 현실에 존재하는 사물로서의 이해와 사건 간의 관계로 형성된 순간을 인지하고 기억하는 나를 발견할 뿐이다.

오늘 오후에 〈일식〉이 있었다. 나는 그것을 관찰하기 위해 시간을 확인했다. 내가 알고 싶었던 것은 지구와 달, 그리고 태양이 일직선상에 서는 정도에 따라서, 물과 풀잎 같은 사물들의 반응과 변화가 궁금했다. 평소에 지각되는 햇빛과 다른 차이를 가지게 될 때, 나는 그것을 하나의 사건으로 기억하게 될 것이다.
〈밤하늘에서 숨 쉬듯 빛나는 별〉, 〈하늘과 바다〉, 〈그 경계의 모호함〉, 〈눈물 나게 찬란하고 엷은 연둣빛 잎새〉, 〈가난으로부터 도망치려는 절름발이〉, 〈상실에 대한 막연한 슬픔〉, 〈숲속의

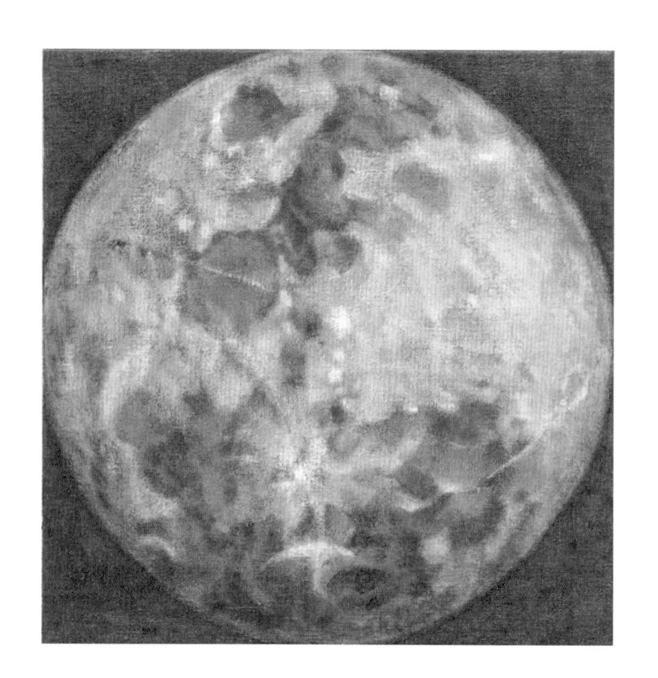

습기와 온도, 그리고 해방과 압박〉, 〈전쟁에 대한 비현실적 두려움과 회피〉 등등. 이 모든 것은 사물, 혹은 사건의 기억으로부터 기인한다. 그런 시간의 흐름 속에서 형성된 프로세스들은 기억을 통해 자아의 존재를 확인시켜 준다.

장기간의 기억이 축적된 사물과 찰나의 순간에 이미지화한 사건을 관찰하며 표현하고 있으면 감각의 이면에 다다르게 됨을 느낀다. 작업의 내용이 무엇인지 중요하지 않다. 거기엔 분명, 그것보다 중요한 변수들이 공명 효과를 만들어 낸다. 이런 현상은 보는 이로 하여금 즐거움을 주기도 한다. 나에게 익숙한 음악도 미처 예측하지 못한 음들의 변수로 지루함도 새롭다. 어쩌면 나도 그것을 지향함에 작업을 지속하고 있을지 모른다. 난 언어로 풀어낼 수 없는 눌변의 감각을 지금 마주하고 있다. 그 둘이 사건을 기록하는 방법과 사물을 대하는 태도, 그 무엇이 중요할까!*

* 박노완, 전현선의 2인전《박노완 - 전현선》을 위한 서문, 스페이스 윌링앤딜링, 2020.

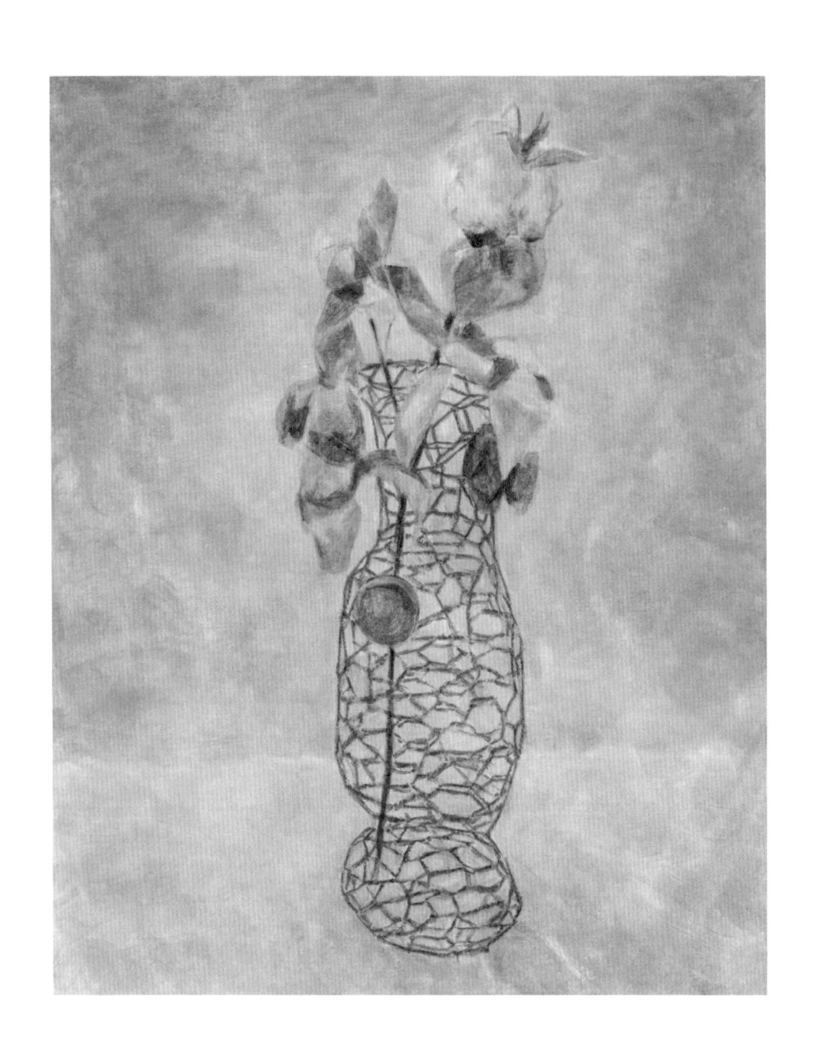

22
움켜쥔 나무

학생 때 목조를 참 좋아했다. 그 당시에 무슨 특별한 이유가 있었을까? 아무리 곱씹어 봐도 이유가 생각나지 않는다. 돌이켜 생각해 보면 그냥 끌과 나무망치를 사용해 몸을 움직이는 그 자체를 좋아했었는지 모른다. 거기에는 어떤 사유의 흔적이나 내적 상흔도 없었다. 난 그냥 작은 소망을 나무에 담고자 했었다. 하지만 나에게 중요했던 소망은 어느 누구에게도 인식되지 못했다. 어쨌든 나는 조각과 소조를 다루는 나의 태도에 그 이유가 있음을 오랜 시간이 흐른 후에야 알 수 있었다. 그렇게 난 꽤 오랫동안 조각을 잊고 살았다. 그래서일까, 간간이 조각 전시가 있었지만 특별히 주의 깊게 보지도 생각지도 못했다. 비단 나만 그랬을까? 모르는 일이다. 그러다가 우연히 불상에 관한 기획전을 국립중앙박물관에서 봤었다. 나는 그곳을 몇 바퀴나 돌았는지 모른다. 잔잔하게 스며드는 감동을 오래도록 가슴 한편에 머물게 하려 눈으로 확인하고도 또다시 불상 근처를 배회했다. 조금 다른 기억이지만 햇볕이 내리쬐는 여름날, 운주사의 천불천탑 전설을 듣고 탑과 불상의 숫자를 세며 이리저리 걷고 있었다. 20대의

여름에 내가 보며 느낀 풍경은 푸른 하늘과 듬성듬성 보이는 마른 풀, 그리고 굵은 모래를 흩는 신발의 뒤꿈치 소리가 기억의 전반을 지배하고 있었다. 그리고 화강석으로 빚어낸 작은 불상들, 그들의 온화한 미소는 빛의 흐름에 따라서 공간의 표정을 바꾸고 있었다. 물론 현대 작품이 아닌 국보급 유물이어서 그 의미가 남다르지만, 〈좋은 건 좋다〉는 결론에 도달하고 나서야 모든 것이 선명해졌다. 그리고 난 작업실 한편에 놓인 나무 조각과 소품의 형상을 띤 것을 봤다. 그것은 조각적인 느낌보단 나무를 조각도로 다듬어 놓은 듯이 마무리되어 있었다. 거기엔 조각하는 행위보단 본인의 사고를 표현하기 위해 나무라는 재료와 오브제를 사용한 것처럼 보였다. 그리고 나는 작업 설명을 듣는 내내 그 친구의 그림을 보고 있었다. 언제부터인지 잘 기억은 안 나지만, 난 설명적인 작업이 시선에 잘 들어오지 않았다. 거리가 시끄럽고 마음이 복잡해서일까, 물론 그것도 한 부분을 차지하더라도 아마 취향인 듯하다. 사실 그는 그림을 참 쉽게 잘 그린다. 분명한 것은, 그리려는 대상과 작품 속에 이야기가 충분히 내재하여 있는 데에도, 표현은 설명적이거나 묘사되어 있지 않고 직관적이었다. 몇 개월 후 작업실에 서 있는 나무 덩어리가 눈에 들어왔다. 묘하게도 그 나무 조각에선, 평면 작업에서 보이는 본인만의 직관적인 표현, 즉 나무를 다루는 기술에 사유의 흔적은 없을 것 같았다. 그렇게 그의 조각은 빛의 충돌로 드러남과 숨김을 표현함에 거침이 없었다. 그리고 현재의 그는 조각가의 몸을 닮아 가고 있다. 습기를 머금은 셔츠에 톱밥이 이슬처럼 붙어 있는 채로

서 있는 실루엣을 보면 예전 모습이 잘 기억나지 않는다. 그의 작업과 몸짓은 이전의 것을 확실히 낯설게 함으로 본인의 제스처를 드러내기에 충분해 보였다. 그렇게 〈선인장〉은 공간에 있었다. 난 그것을 보면서 그가 〈움켜쥔 손안의 나무〉를 생각했다. 움켜쥔 채로 사유를 하고, 감정에 스크래치를 남기며, 자신의 기억을 왜곡시키는 상상을 해봤다. 비록 이전 작업과 다르게 내러티브가 겉으로 드러나진 않지만 몸으로부터 전해지는 형식과 외적 형상의 조화는 공간에 긴장감을 만들고 있다. 물론 거기에는 쉽지만은 않은 부분이 이미 내재하여 있었다. 고전 양식을 보면 빛과 그림자는 사슬이라는 형식에 묶여 있다. 근대 회화에 와서 비로소 형식은 해체되기 시작하고 명암보단 색채가 우리의 시선을 장악했다. 누가 말했는가! 〈색채가 가장 풍부한 그 순간이, 형태가 가장 완전한 때이다.〉 어쩌면 그는 나무 〈선인장〉 위에 색을 입히려고 한 순간, 이 문장을 기억했을지 모른다. 그리고 다시 색채를 머금은 목조를 보았다. 〈직관적인 몸의 동작으로 나무에 형상을 부여할 때, 그렇게 운동의 인상을 얻을 수 있는 것은, 시각적인 외형이 구체적인 실재를 대신할 때이다.〉 이 문장으로부터 그는 분명 다른 형식을 취하는 것을 볼 수가 있다. 이쯤에서 궁금증이 생긴다. 그는 시각적인 외형이 빛과 그림자로 표현되는 양괘감에 의해서 인식된다는 것을 알았을 것이다. 그리고 색채를 조각에 적용한다는 것이, 보는 이로 하여금 색채에 의해 형상이 새롭게, 혹은 다르게 보인다는 것도 인지하고 있었을 것이다. 무엇이 중요할까! 일을 진행하며 사유의 시간을 보내는 그의 모습이! 잘

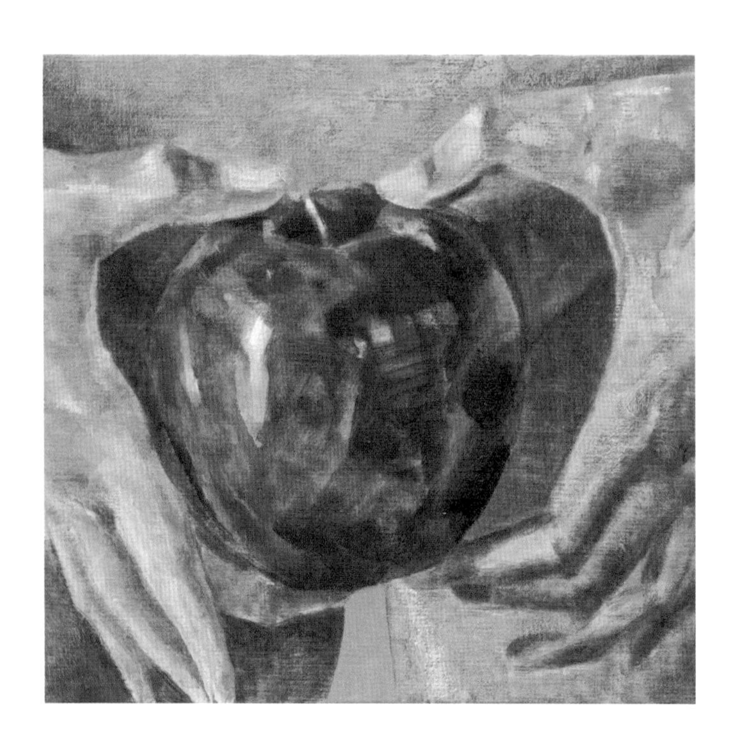

모르겠지만 동시대 미술에 관심이 없는 듯한 그의 모습이, 오히려 표현하려는 대상에 더 다가가게 만드는 힘은 보는 이로 하여금 매우 인상적이다. 이에 더해서 나는 형태와 색채, 그리고 공간의 빛을 그가 어떻게 생각하는지 궁금하다. 국립중앙박물관에서의 은은하게 입체감을 더하는 조명 효과와 운주사 터에서의 음과 양을 하나로 엮은 빛은 너무나도 달랐지만 개인적으론 모자람이 없어 보였다. 모든 형상은 어떤 특성을 가진 사물이냐에 따라서 그에 알맞은 빛의 조도가 필요하다. 빛의 성질에 따라서 사물의 형상이 변화될 수 있다는 것을 우리는 감각적으로 안다. 그래서였을까! 난 천불천탑 주위를 맴돌면서도 마른 땅 위의 메마른 가시덤불이 나에겐 더 매력적인 대상으로 비쳤다. 그렇듯 모든 입체 작업은 재료와 빛의 충돌에 따라서 작업의 성질과 공간이 다채롭게 변하기도 한다. 그가 색채를 나무에 칠한다는 것은 실재에 다가서려는 행위라기보단 빛의 충돌과 간섭으로부터 멀어지려는 뉘앙스에 가깝다. 그리고 그는 〈선인장〉에 핀 색채를 평면으로 재현했다. 이젠 그의 그림은 직관적이지만 직관적일 수 없을지 모른다. 평면으로 재현된 선인장은 대상으로부터 멀어지는 대신 색채의 현상에 다가서려 하는 듯하다. 〈인간은 노력하는 한 방황한다〉, 어쨌든 작업하는 데 무엇이 중요할까? 일단 생각은 접자.*

* 이동훈 개인전《꽃이 있는 실내》를 위한 전시 서문, 드로잉룸, 2019.

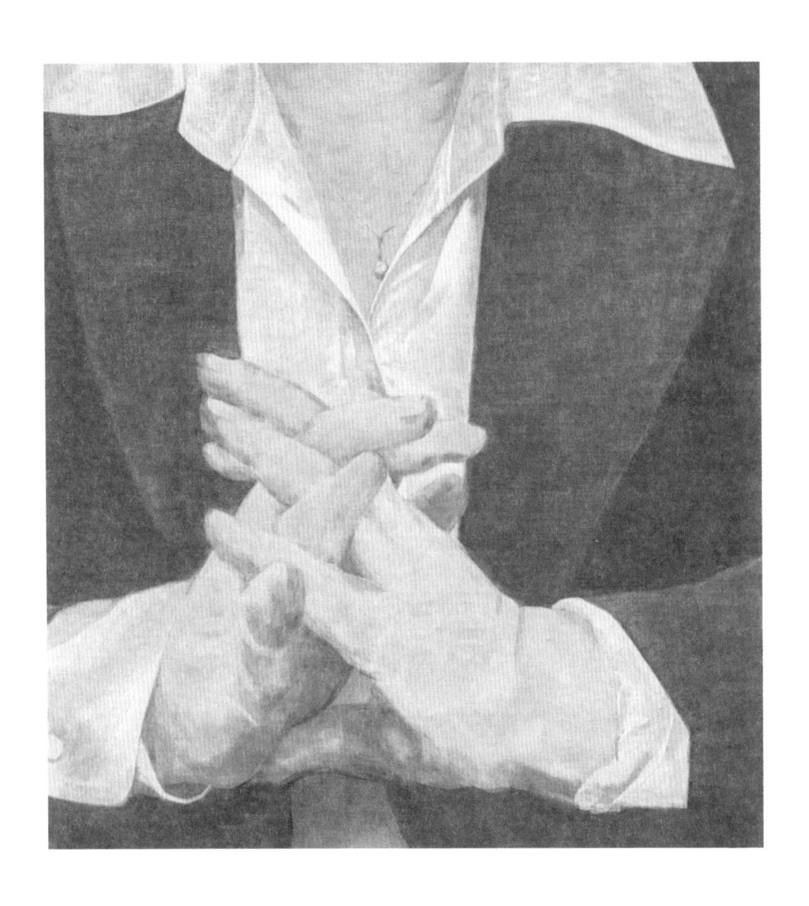

23
무제

서로 다른 문양을 등지고 있는 동전은 같은 기능을 가지고 있다. 보통 한 면은 수의 높낮이로 되어 있고, 다른 한 면은 국가의 상징적인 이미지로 구성되어 있다. 숫자는 사물의 가치에 상품 교환의 매개를 일정한 법률에 따라 정한 단위이며, 이미지는 국가의 특성을 살린 도안으로 되어 있다. 난 그의 「자소상」과 「걸레질-120512」를 〈매너〉의 의미에서 유추해 보려 한다. 그리고 글의 도움을 위해 사전적 의미의 매너를 간략히 적어 본다. 첫 번째 의미는 〈행동하는 자세와 방식, 태도〉이며 두 번째 의미는 〈개성적인 양식이나 필체〉를 나타낸다. 이 두 가지의 의미는 동전의 양면과 같이 〈매너〉라는 한 단어로 이루어져 있지만 서로 다른 두 가지의 의미를 지니고 있다. 그리고 동전은 작품에 비유되며 양면은 〈매너〉에 비유된다.

자소상

사물이 잔뜩 들어 있을 것 같은 비닐봉지, 무엇이 들어 있든 말든 별 상관없어 보이는 종이상자, 비닐봉지와 상자에 슬며시 붙어

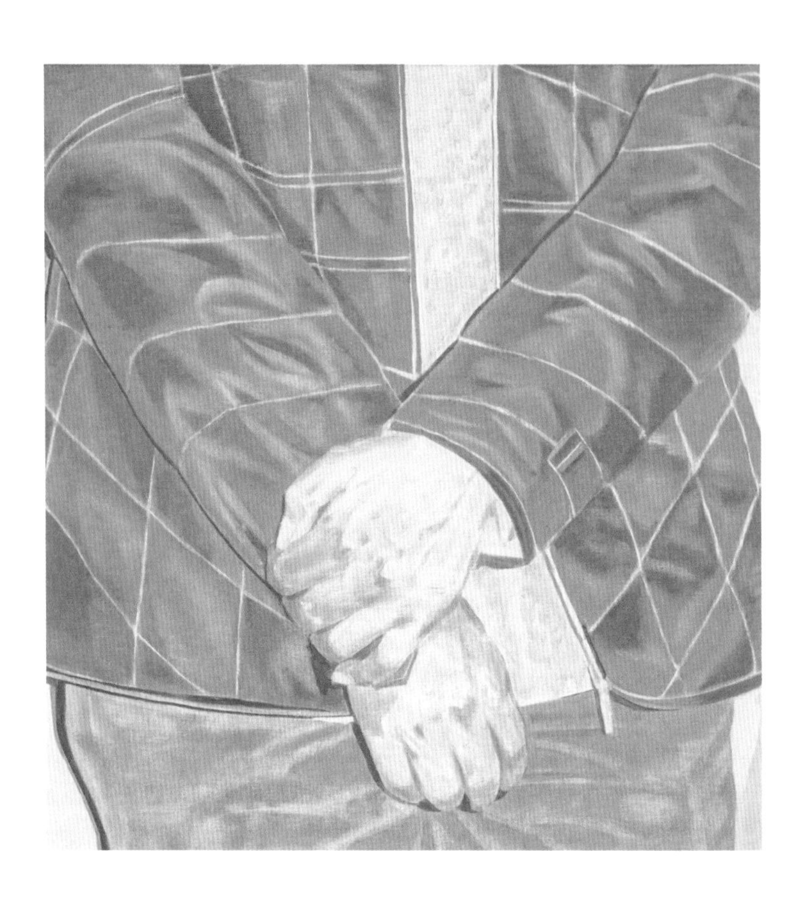

있는 아이소핑크, 그리고 슬리퍼, 이것이 외형에서 보인 「자소상」의 모습이다. 그나마 여기서 인간의 형상일지도 모른다고 짐작할 수 있는 것은 좌우 두 켤레의 슬리퍼이며, 몸을 연상시키는 비닐봉지이며, 머리의 위치에 얹혀 있는 상자이다. 남은 아이소핑크는 마치 등을 암시하듯 망토의 역할을 자처하고 있으며 앞뒤를 더욱 확실하게 구분해주는 것은 슬리퍼의 방향과 상자에 있는 두 개의 자국이다. 그리고 좀 더 이 「자소상」이 인간의 형상이라는 것을 암시해 주는 명확한 근거는 아마 슬리퍼이지 않을까 한다. 두 발로 딛고 슬리퍼를 사용할 줄 알며, 손의 도구화를 위해 직립 보행을 한 포유류는 지구상에 유일하게 한 종류이니 말이다.

그는 〈불안정한 완전성 혹은 주변과 중간〉이라는 주제를 토대로 「자소상」을 표현하였다. 그리고 그는 위의 주제를 끌어내기 위해서 독일에서의 생활을 〈텍스트〉로 제시하고 있다. 그는 왜 예전의 기억을 토대로 주제에 접근하려 했을까? 추측하건대 다른 이의 이해를 돕기 위해 설명했던 예시가 아마도, 그때 생활하면서 느꼈던 〈이방인〉이라는 그의 불편한 태도와 그가 보여 주려고 했던 주제가 같았기 때문일지도 모른다. 그러면 그가 〈텍스트〉에서 전달하려는 주제와 네 개(받침대를 제외한 숫자임)로 이루어진 형태와의 조합을 어떻게 설명할 수 있을까? 만약에 단순히 제목, 주제, 작품 설명이 없는 상태에서 이 분홍빛을 가진 조형물을 전시장에서 마주하게 된다면 우리는 무엇을 감히

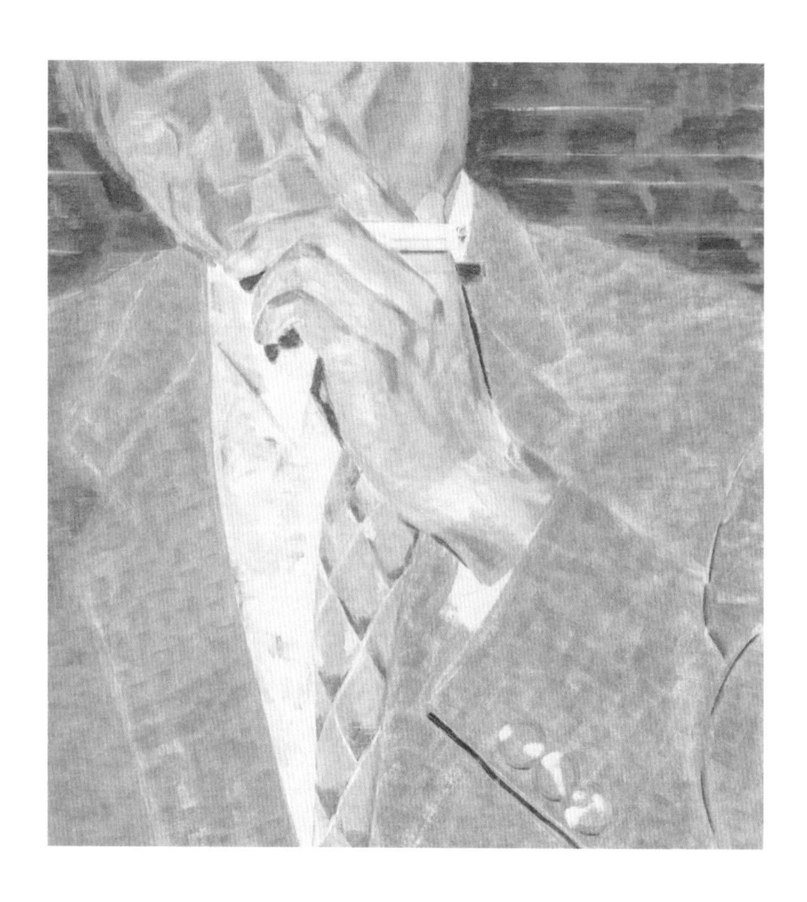

상상할 수 있을까! 그렇지만 그는 다시 한번 「자소상」에 관한 설명을 덧붙여 줄 것이다. 하지만 이것이 의미하는 바는 어쩌면 입체를 표현할 때 쓰이는 방법론(본인의 개성적인 양식이나 필체)이 최우선이 아니라는 것을 암시하는 듯하다. 말인즉 그의 작품은 이미 그가 선택하고 길들여 놓은 취미가 있는데도, 그는 본인의 〈매너〉를 뒤로한 채 작품의 서사적 구조를 위해 또다시 제시하고 있다는 것이다. 또한 그의 서사적인 내용은 작업을 이해하는 데 도움을 줄 수도 있지만 보는 이의 감상을 흩트려 놓기도 한다. 우리는 이 지점에서 지금의 시각 예술이 어렵다고 느끼게 된다. 그의 전시 형식에서 보이듯이 공간에 놓인 물성을 가진 작품뿐 아니라 우리의 관점을 분산시키는 텍스트가 전시장 곳곳을 따라다니기 때문이다. 물론 지금도 〈보고 관찰하고 표현하는 방법〉을 가지며 상상력을 넓혀 나가는 작가가 있다. 그렇지만 모든 분야가 그러하듯이 세분화와 다양성의 시간을 거치면서, 근래의 시각 예술에 특별한 견인책 역할을 한 〈언어〉는 이미 시각 예술과의 동침을 예상했는지 모른다. 이런 시점의 우리는 지금의 모든 예술을 대할 때 어디에 초점을 두어야 할지 아주 난감할 뿐이다. 시각 예술에서 비평의 역할을 한 인문학 분야의 실종뿐 아니라 예술품의 과도한 가치 계산법의 질주는 시각 예술에 관련된 많은 이에게 시사하는 바가 크다. 다시 그의 작품으로 돌아가 「자소상」이라는 작품을 보자. 일단 그를 아는 지인들은 작품의 크기를 보면서 그의 작은 키를 생각할 것이다. 예전에 내가 그를 알지 못할 때 그를 만난 적이 있었다. 그때 그의

모습은 작은 몸짓에 약간은 짧고 꼭 끼는 듯한 검정 청바지를 입고 있었으며 본인의 체구보다 두세 치수는 커 보이는 재킷을 입고 있었다. 사실 난 「자소상」을 보고 그때 그의 모습이 떠올라서 본인의 모습을 정말 잘 표현했다고 생각하면서 웃었다. 그런데 더욱 놀라운 것은 그가 텍스트에 적어 놓은 〈이방인〉에 대한 내용의 시점과 내가 그를 처음 본 시점이 같다는 것이었고 이에 흥미를 느꼈다. 하지만 이것은 어디까지나 나의 주관적인 에피소드다. 전시를 보러 오는 관람객은 그를 알지 못한다. 그래서 그는 자신의 에피소드를 친절히 설명했어야 했는지 모른다. 더불어 그는 재료와 기법에 대한 견해를 기술하고 있지만 〈방법론(개성적인 양식이나 필체를 위한 기술)〉에 대한 것은 서술하지 않았다. 하지만 「자소상」이라는 명함을 건 분홍빛 조형물은 분명히 그의 〈방법론〉을 보여 주고 있으며, 슬리퍼를 신은 「은하철도 999」의 철이는 그의 〈태도〉를 머금은 채로 전시장 어딘가에 자리를 차지하고 있을 것이다.

걸레질-120512

「자소상」은 만들어질 때 분명히 그 나름의 〈방법론〉과 〈태도〉가 있다. 굳이 손의 흔적이 남지 않더라도 그가 재료를 대하는 자세와 취하는 행위에는 그의 형식이 비추어진다. 그리고 난 그의 입체 작업이 본인의 일상생활에서 쉽게 구할 수 있는 재료로 선택된다는 것에 관심을 가졌다. 일상에서 선택된 비닐봉지와 상자, 슬리퍼, 아이소핑크는 분명 그와 연관이 있을 것이다. 한

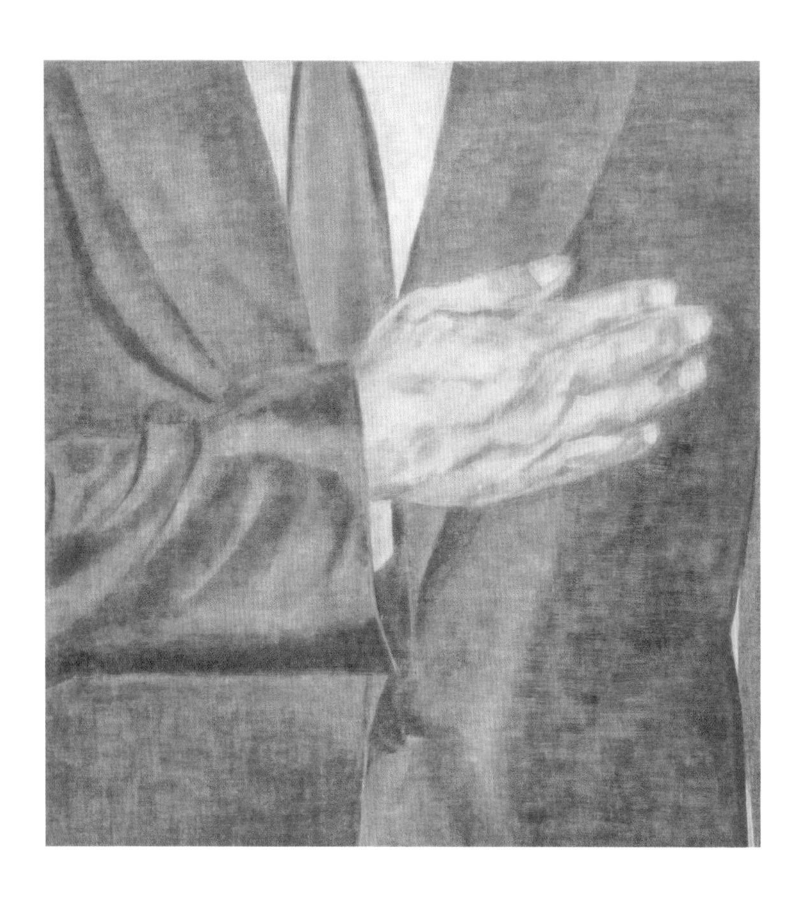

예로서 비닐봉지와 상자는 그가 예전에 유명 작가의 작품을 복제하기 위한 재료와 도구로 사용되었다. 그 작품을 볼 때 유명인의 작품이 연상되기도 하지만, 그가 선택한 일상적인 재료들의 조합은 유명인의 작업 방식과는 다른 성질을 보여 준다. 여기서 우리는 작품에서 보이는 재료(주재료)의 성질보다는, 완성을 위한 재료(보조적 재료)의 선택이 때로는 작가의 매너에 중요한 역할을 한다는 것을 짐작해 볼 수 있다. 난 이즈음 그가 카피(복사)에 관한 생각을 전시로 표현한 것에 대한 소견을 몇 자 적어 본다. 이는 전에 얘기한 복제와는 분명히 다른 지점을 보여 준다. 그리고 그 예를 들어 왜 그가 〈복사〉와 〈복제〉를 언급했는지 유추해 본다.

뒤샹의 변기와 미하엘 토네트의 「No. 14」(기계 시대에 들어서 전 세계에서 가장 많이 팔린 의자)의 공통점은 〈개인적인 경험에 의한 취미〉와 〈창의적인 사고〉라고 볼 수 있는데 이는 디자인 제품을 현대 미술관에서 소장하게 만든 중요한 원동력이 되었다. 이는 〈매너(방법론)에서 보이는 취미〉보다는 〈창의적인 사고를 하는 취미〉가 현대 인류의 중요한 가치라고 판단한 결과이다. 여기서 난 그가 「자소상」을 통해 무엇을 얘기하려고 하는지 되짚어 보고 싶어졌다. 다시 말해서 그가 지금까지 만들어 내었던 외형보다, 그가 무슨 생각으로 이러한 작업을 끌어냈는지 더 궁금해졌다는 말이다. 그렇지만 나는 더 이상 그의 상상력과 재현의 방식을 궁금해하지 않기로 했다. 그리고 그가 왜 그런 재료를 선택했는지도 알려고 하지 않았다. 어쩌면 그는 「자소상」을

NO
MANS
LAND

만들 때 단지 작업실에서 버려진 물건을 모아 놓는 용도로 사용한 비닐봉지와 이사할 때나 짐을 운반할 때 쓰려고 놓은 상자와 작품을 만들려고 산 아이소핑크와 작년 여름에 신으려고 둔 슬리퍼를 보았는지 모른다. 이런 재료들은 그의 자연스러운 취미의 형식으로 재료 본연의 부피에 알맞은 크기의 「자소상」으로 재현되었을지 모른다. 그리고 그는 평소의 어투와 생각을 글로 적었을지도 모른다.

평면 작업에서 매너(방법론)는 아직도 굉장히 중요한 요소를 가진다. 그도 이 사실을 분명히 알고 있다. 그런데도 그는 이를 〈빗질하시는〉, 그리고 〈걸레질하시는〉 일용직 노동자에게 대신하게 했다(물론 그도 같이 일을 했다. 하지만 그것은 별로 중요하지 않다). 이건 처음부터 그가 다른 곳에 관심이 있었다는 것을 짐작하게 한다. 그가 써 놓은 텍스트를 읽으면 평면 작업에 대한 매너(방법론)보다는 경험에 의한 미술 노동의 고찰에 더 끌려 있음을 알 수 있다. 미처 텍스트를 접하지 못한 관객들은 작가가 표현해 놓은 평면 작업을 보고서 다소 놀라거나, 혹은 〈이것도 복제품인가!〉 하는 오해를 해볼 수 있다. 놀란다는 것은 평면 작업이 좋아 보이기 때문이다. 왜냐하면 그 지점은 평면 속에 아무런 정보도 없이, 쓸고 닦고 하는 표현 기법만 화면을 가득 채우고 있는데 이런 기법에서 스며 나오는 노동의 대가는 보는 이들에게 감흥을 주기에 괜찮은 역할을 하기 때문이며, 또한 그것이 나쁘지 않다는 것이다. 그리고 복제품에 관한 의혹은 작품 이미지의 비슷한 형상을 이야기하는 것이 아니라 매너, 즉 작가가

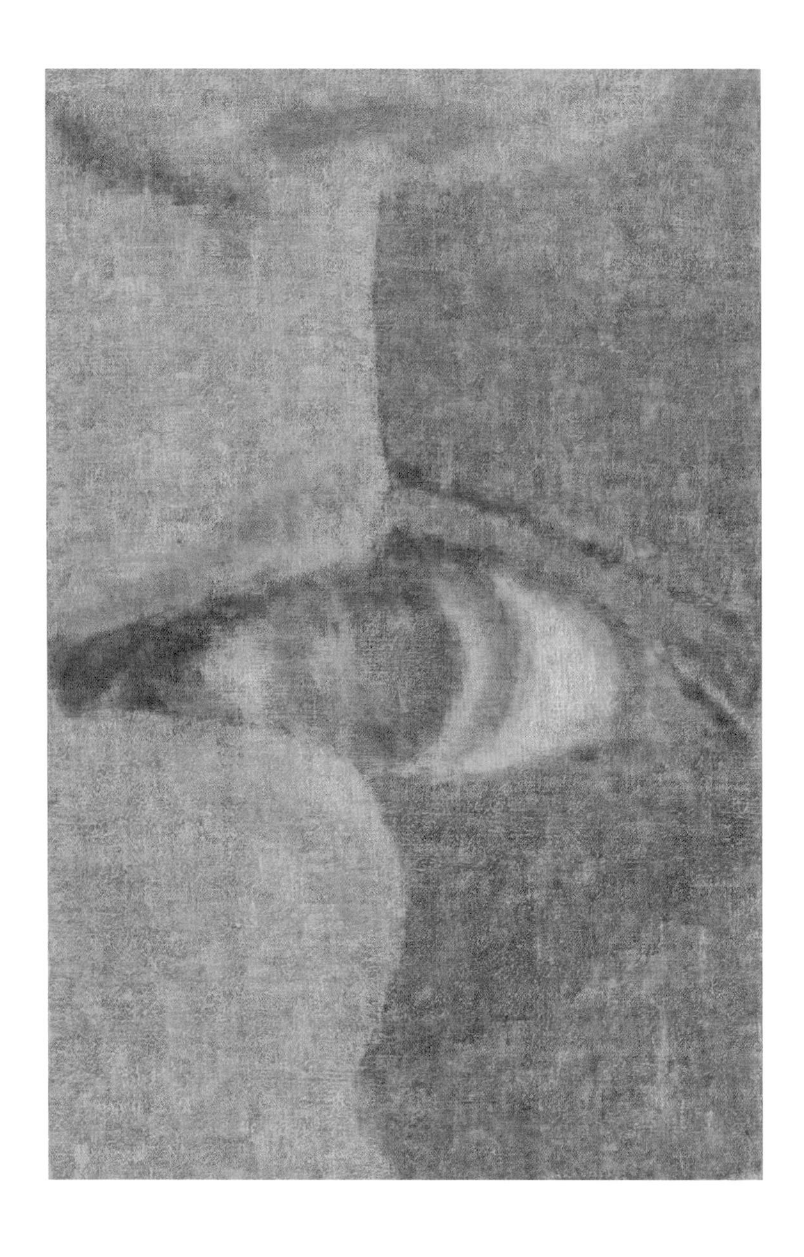

그려 낸 기법의 유사성을 말하는 것이다. 하지만 그의 평면 작업은 위의 두 경우를 빗대어 생각하면 그의 작업을 이해하기에 많은 시행착오를 겪어야 한다고 하지만 그는 친절하게 「미술 노동」이라는 텍스트를 가지고 우리를 혼란으로부터 꺼내 줄지 모른다. 그러기 전에 다시 한번 〈매너〉에 대해 살펴보면 그는 〈매너(방법론)〉를 그렇게 중요하게 보지 않은 것 같다. 그러면 그의 또 다른 〈매너(태도)〉는 있는가? 잘 모르겠다. 만약에 그가 작업의 주제를 정하는 기준이 〈선택하는 자세〉에 있다면 이것도 넓은 의미의 매너(태도)일 것이다. 그래서 그가 선택한 미술 노동이 중요한 변수로 자리매김을 할 것이다. 하지만 이러한 노동의 가치는 그의 그림에서 어떠한 역할도 하지를 못한다. 그러면 그는 왜! 평면 작업을 통해서 미술 노동을 얘기하려고 했을까? 거기엔 아무런 근거가 없다. 그는 평면 작업이 아니라 그의 다른 작업을 가지고 했었어도 무방했을 것이다. 그렇지만 그가 그것을 선택한 이유는 평면 작업이었을 경우 가까이서 관찰할 수 있고, 그리고 그도 직접 미술 노동과 더불어 매너(방법론) 직간접적으로 경험해 볼 수 있어서일지도 모른다. 만약에 「자소상」을 통해 미술 노동을 쓰려 했다면 다른 부분이 지적되었을 것이다(물론 그의 텍스트에 이 부분도 언급되어 있다). 입체를 다룰 때 작가의 매너(방법론)는 공장으로 가기 전까지로 한정되어 있고 공장에서 작품이 완성되는 방식에서는 노동자의 기술과 노동 비용이 주된 역할을 하게 된다. 하지만 평면은 비록 그가 일용직 노동자를 고용했다 치더라도 작업의 시작부터 끝까지,

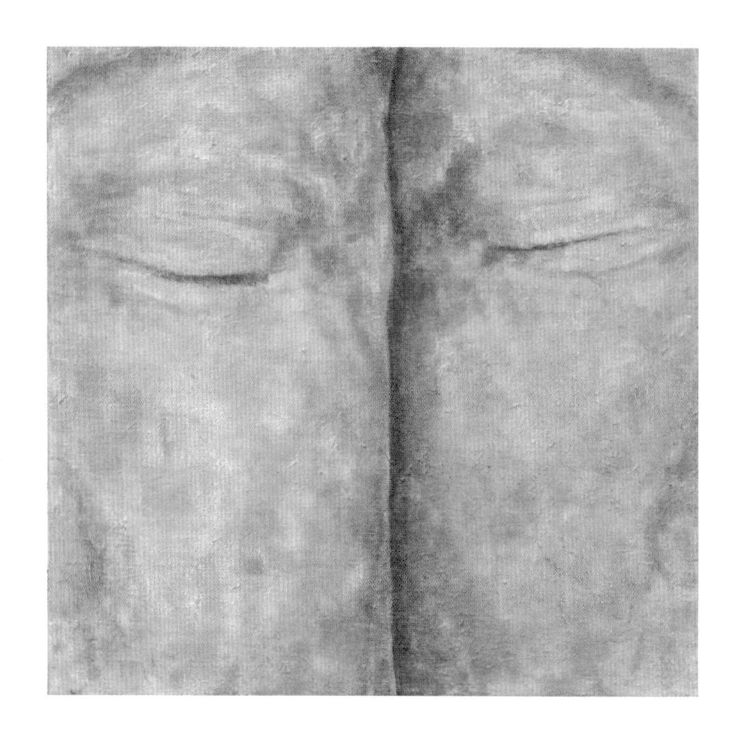

표현의 방법과 미술 노동은 그에게 매우 중요한 화두이자 같은 경험을 병행하게끔 도와주는 역할을 한다. 이 말인즉슨 그는 미술 노동을 〈수공업적 미술 노동의 형식〉을 〈포디즘(포드 자동차에서 개발한 표준화된 제품의 대량 생산을 위한 시스템)적인 미술 노동 형식〉로 구별해 놓았다는 것을 알 수가 있다. 그렇지만 수공업적이든 기계적이든 미술 노동에 대한 그의 생각은 변하지 않는다. 단지 그가 관심을 가진 부분은 미술 노동을 그의 일상생활에서 경험하고 관찰한 지점이 그가 작업을 대하는 방법과 태도에 맞닿아 있다는 것이다. 그리고 그런 관찰력의 근원지는 그의 눈으로부터 시작된 그가 가진 상상력(일상생활의 경험을 기호화하는 기술)에 있다. 그러한 두 가지의 매너를 동시에 표현해 볼 수 있는 방법은 〈평면 작품〉에서 더 쉽다는 것을 그는 안다. 하지만 그는 미술 노동에 대한 그의 태도는 평면 작품과는 별 상관없다는 말투로 텍스트에 적고 있다. 평면 작품의 매너(개성적인 양식이나 필체)와 미술 노동의 매너(행동하는 방식과 태도)라는 형식으로 말이다.

또 다른 의미의 언어

우리는 모두 현재의 시각 예술에 언어가 얼마나 중요한 역할을 하는지 알고 있다. 이처럼 〈보는 것〉을 표현하고, 표현한 것을 보는 즐거움에 언어의 기호 체계는 단순히 보는 것을 넘어서 기호의 양면인 기표와 기의의 원리와 시각 예술과의 관계를 알지 못한다면, 우리는 현재의 시각 예술 앞에서 눈먼 사람과

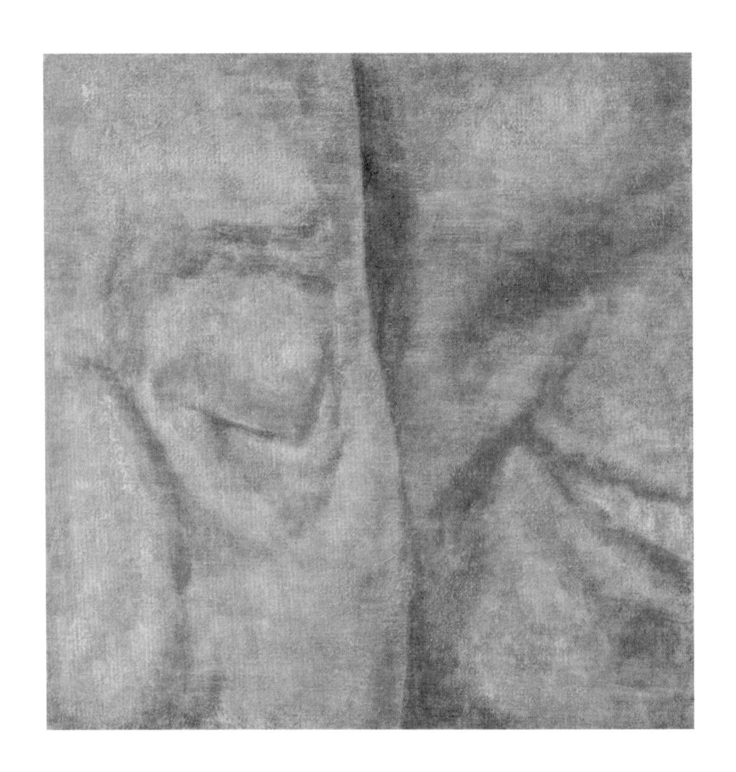

마찬가지일 것이다. 다시 말해서 언어의 기호화가 시각 예술에서 보이는 이미지의 기호화로 확장되면서 확장되는 기호와 숨겨진 의미의 암호를 인식하지 못하는 순간, 우리는 지금의 시각 예술에 대하여 아쉽지만 거리를 둘 수밖에 없다. 하지만 나를 포함한 시각 예술을 하는 많은 이와 이를 좋아하는 일반인들이 이해하기에는 너무나 어렵다. 그리고 난 그의 작업에서 언어(음성이나 문자와 같은 수단)가 얼마나 중요한지 안다. 말인즉 그의 작품은 사실 두 개가 아니라 그가 두 작품에 관해 설명한 글을 포함하여 세 개여야만 한다. 이 세 개 작품의 관계를 엮어 낼 수만 있다면 나로서는 그의 작업에 한 발짝 다가설 수 있을 것이다. 그의 언어에서 두 가지의 매너를 추측해 볼 수 있다. 그의 작업 「자소상」과 「걸레질-120512」를 해석하는 데에 쓰인 매너가 〈개성적인 양식이나 필체〉와 〈행동하는 자세와 방식, 태도〉였다면 그가 표현하려는 언어에서는 어떠한 매너가 숨겨져 있는지 두 작업의 설명서를 통해 서술해 보고자 한다.

우선 그가 제시한 것 중에서 중요한 것은 세 명의 평론가와 한 명의 작가가 협업한다는 것에 있다. 여기서 중요한 지점은 그는 세 명의 평론가에게 두 개의 작품과 작품 설명서를 제시했다는 것이다. 「자소상」은 주관적인 기억으로부터 그의 설명이 시작되고, 「걸레질-120512」는 객관적으로 바라본 미술 노동의 의견을 담담히 적고 있다. 그리고 텍스트에는 이미 그의 의도와 의미는 문구를 크게 벗어나지 말라는 암시를 보여 준다. 예를 들어 「자소상」을 그가 적어 놓은 대로 읽으면 모든 이는 〈이방인〉이라는

단어를 잊을 수가 없다. 「걸레질-120512」도 마찬가지로 〈미술 노동〉이라는 단어, 그리고 노동자와 그에 합리적인 가치를 생각하다 보면, 평면 작품에서 보이는 표현 방법의 다채로움을 보는 즐거움은 스스로 소멸하게 된다. 여기서 그는 굳이 왜 텍스트를 우리에게 제시하여야만 했을까 하는 의문이 남는다. 그는 지금까지의 다량의 작업에서 이와 같은 작업의 형식을 보여 주었다. 그의 언어를 보여 주는 형식도 매번 다른 방법론을 써 가면서 말이다. 예를 들어 언어를 캔버스에, 벽에, 부조로, 도록으로 다양한 형식을 취해 왔다. 여기서 우리가 주목해야 할 것은 언어가 어디에 얹히고 어떻게 보이느냐에 따라서 매우 다른 양상을 보여 줄 수가 있다는 것이다. 한 예로 언어가 캔버스에 올려질 때 종이 위에서의 읽히는 기능을 다소 상실하면서 대신에 이미지로 보이는 형식을 가지게 된다. 그리고 벽면에 부조의 형식으로 보일 경우, 이미지로 보이는 것을 다시금 상실하고 물성으로 인한 공간의 확장성을 드러내고 말 것이다. 자! 우리는 그의 언어를 단순히 그의 작품에 대한 재치 있는 〈에세이〉라 생각할 수 있을까? 어쩌면 그는 언어를 하나의 도구로 생각하는 것이 아닐까!

언어는 그에게 있어서 캔버스이고 비닐봉지이고 종이상자이자 아이소핑크이며 슬리퍼일지 모른다. 그래서 그는 언어를 상징적 비유로 표현하지 않았다. 마치 그가 재료를 일상에서 자유롭게 선택하는 것처럼, 그리고 본인의 경험에 의한 미술 노동의 가치를 평면에 옮긴 것처럼 말이다. 그래서 그의 언어는 캔버스 표면의

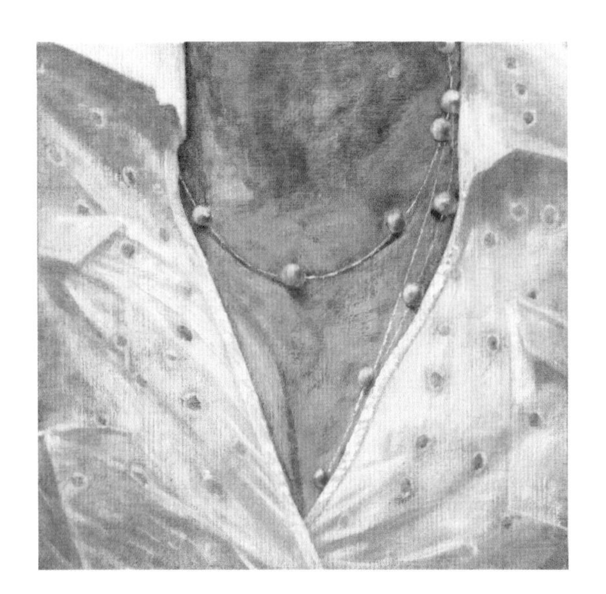

형식을 완성하기 위한 자유로운 붓질이며 그가 구사하고 있는 언어 또한 그에게는 붓의 재치 있는 표현과 인간의 감성을 자유롭게 표현하는 도구이다.*

* 김홍석 개인전《김홍석 - 좋은 노동 나쁜 미술》을 위한 글, 플라토, 2013.

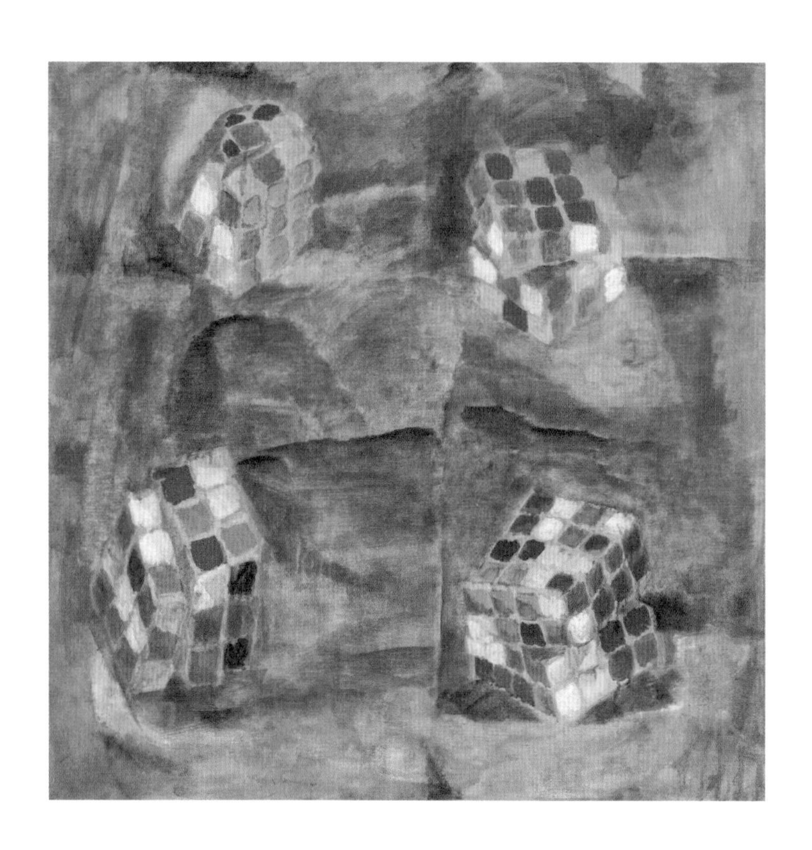

24
우리의 노화는 토끼보다 빠르다

나는 짝눈이다. 아마도 태어날 때부터 그랬을 것이다. 아무도 나에게 얘기해 준 적도 없었고 거울을 보지 않아 확인할 수는 없지만 그냥 알 수 있었다. 옷을 만들 때 좌우를 분리해서 디자인한다는 소리는 들어 봤지만, 옷을 입어 본 적은 없다. 거기엔 일상에서의 불편이 극히 작기 때문일 것이다. 그렇게 외적으로 좌우의 불편을 느끼는 부분은 짝발로 신체 균형이 틀어져 알게 모르게 몸이 부자연스러울 경우가 대부분 아닐까 싶다. 혹은 심한 짝눈일 경우 어지러움을 가지거나 청각이 한쪽만 유지되는 경우도 비슷할 것 같다. 배를 갈라 내부를 본다면 좌우 구분 없이 모든 게 뒤섞여 있을 것만 같지만 내가 짐작조차 못 하는 규칙이 있지 않을까! 하지만 현재의 난 좌우 균형이 틀어지고 있다는 것을 몸의 이상 신호로 알 수 있다. 지금 그것을 뭐라 하는 것은 아니다. 그냥 그것에 대해선 반의반은 체념한 부분이 있다. 하지만 보는 것의 불균형은 나에게 매우 불편함을 일으킨다. 난 그렇게 시력을 불균형을 안고 서서히 잃어 가고 있다. 그렇게 우리의 노화는 생각보다 빠르게 흐른다. 그래서일까! 난 사진을 통한 이미지의

재현을 서서히 멀리하기 시작했다. 엄지손톱보다 작은 사진의 이미지를 크게 확대해서 표현할 만큼 나쁘지 않았던 시력이 얼마 전부턴 얼굴만 한 사진을 봐도 흐릿해 보여 붓을 놓고 만다. 그렇게 난 사진의 이미지에서 벗어나기 시작했다. 그리고 큐브를 보고 그린다. 이젠 큐브가 잘 보이지 않아도 답답하지는 않다. 그 이유를 간략하게 서술할 순 없다. 나에게 가장 좋은 것은 이미지와 눈의 거리를 자유롭게 조절이 가능하다는 것이다. 이것만으로도 눈의 피로가 한결 덜하다. 하지만 여기엔 큰 함정의 방정식이 있다. 이미지의 재현이 제멋대로이다. 난 지금 뭘 그리는지도 모른다. 작업을 한다는 것은 소가 여물을 되새김하듯이 진행한다고 여겼었는데 현실의 난 여물을 삼키고만 있는 내 모습을 마주하고 있다. 작업은 산으로 가는데 사실 난 그게 싫지 않다. 비록 작업이 중구난방이어도 지금의 이미지를 즐기고 있다. 언젠간 또 다음 작업의 재료로 소멸하여도 현실의 결과 그 사이엔 아무것도 (그들의 상상을 더한다) 없다.

해설

강석호의 말 없는 그림과 3분의 행복

독립 전시기획자, 미술사가 이은주

글에 대하여

이 책은 2022년 12월 서울시립미술관 서소문관에서 열린 화가 강석호의 전시 《3분의 행복》을 계기로 출간되었다. 책이 전시 도록이 아니라 강석호의 글들을 엮는 단행본이 되었기에, 나 역시 전시 기획자로서의 글이 아니라 그와 관련하여 떠오르는 단상들을 적어 보고자 한다. 강석호의 작고 후 열린 첫 회고전의 제목이자 이 책의 제목인 〈3분의 행복〉은 강석호가 2012년에 쓴 글의 제목이다. 이 글에서 강석호는 집에서 작업실로, 산책길로, 다시 작업실을 거쳐 집으로 돌아가는 하루의 여정을 담았다. 〈3분〉이라는 시간은 그에게 있어 일상의 진부함으로부터 거리를 두는 시간을 의미한다. 그는 개인전 도록에 작품에 관한 글 대신 일상을 담은 수필을 넣곤 했는데, 강석호를 알수록 그의 회화와 유사한 정서를 담은 이 글들이 결과적으로 작업에 관한 서술과 다르지 않은 것임을 느끼게 된다. 강석호의 회화 작품 역시 그의 글과 다름없는 미감(美感)을 가지고 있다. 그가 일상을 바라보고 살아갔던 태도가 결국 그의 회화에서 나타나는 일련의 미적 특질과 뗄 수 없는 관계에 있기에, 작가로서의 일상을 담은 그의 글들은 그의 작품 세계를 이해하는 중요한 터전이 된다.

내가 강석호의 그림을 처음 보았던 것은 2004년 2월 관훈동의 모란미술관에서 열린 석남미술상 수상 작가 전시에서였다. 작가에 대한 아무런 사전 정보가 없었기에 별 기대 없이 방문했던 전시였는데, 전시장에는 단정하며 서정적이고 깊이가 있는, 매우 마음에 드는 그림들이 걸려 있었다. 인물의 의복 한 부분을 크게 확대한 구도도 신선했지만, 그림에서 초여름의 한가함과 같은 여유로움이 느껴졌고 밋밋하면서도 담백하게 기분 좋은 청포묵과 같은 맛이 나는 것 같았다. 일견 평범해 보여 강하게 자기주장을 하지 않는데도 어떤 풍취가 있어 잔상이 오래 남는 그림이었다. 강석호가 어떤 작가인지 궁금했고, 이듬해 인사동의 인사미술공간에서 열린 개인전도 인상 깊게 보았다. 작품을 벽에 걸지 않고 중앙에 매달았던 전시 디스플레이가 아주 간결하면서 감각적인 전시였는데, 그가 독일 유학 시절부터 디자인 가구들을 수집했고 디자인에 대한 조예가 깊다는 것도 이때 처음 듣게 되었다.

실제로 강석호를 직접 만난 것은 2006년 국립현대미술관과 금호미술관이 공동 주관한 〈프러포즈〉라는 작가-평론가 매칭 프로그램을 통해서였다. 첫 만남에서 약간 수줍은 인상이었던 강석호는 시간을 착각하여 한 시간이나 먼저 약속 장소에 도착하고도, 이미 자리에 와 있던 내게 약속 시간이 다 되어서야 겨우 말을 걸었다. 그는 친절했지만 상대방의 눈을 쳐다보지 않는 버릇이 있었고, 작품에 대한 나의 이런저런 질문에 대해서도 자세한 설명은 하지 않고 간단한 대답만 했다. 결국 나는 예상보다 짧게 끝난 인터뷰 내용을 참고하면서, 석남미술상 수상 전시에서 느꼈던 그림의 〈맛〉을 주로 환기하며 글을 썼다. 강석호는 나중에 〈이런 표현이 적합한지 모르겠지만〉이라고 하며, 이 글이 마음에 든다고 했다. 그 이후에도 강석호는 여러 차례 나에게 글을 의뢰했는데, 그의 작품을 오래 보아 왔던 내가 편했던 이유도 있겠지만 그가 자신의 그림을 미술 평론의 언어로 자료화하고 분석 대상으로 삼는 것을 반기지 않았기 때문으로 짐작한다. 맛 운운한 내 글이 그의 마음에 든 것도, 그가 아티스트 스테이트먼트 대신에 수필과 같은 글을 개인전 도록에 수록하곤 했던 것도 같은 이유일 것이다. 그는 나와 공동 기획했던 몇 개의 전시에서도 전시 서문의 통상적 형식과는 달리 편지나 시와 같은 글을 썼다.

수줍어 보였던 첫인상과는 달리 강석호는 모임을 주도하는 진취적인 사람이었다. 새로운 모임을 조직하고 여행을 주관하고 갖가지 취미 생활에 지인들을 합류시켰다. 강석호는 일로 시작한 관계를 일상적 삶을 나누는 관계로 발전시키는 재주가 있었다. 그의 곁에는 늘 사람들이 있었는데, 그의 욕심 없는 선한 마음, 작가로서의 진중함, 때로는 황당한 엉뚱함, 늘 여가처럼 삶을 누리는 태도를 많은 이가 좋아했기 때문이다. 나 또한 그가 주도한 회화를 주제로 한 독서 모임의 일원으로 참여했는데, 이 모임은 언제나 맛집 탐방으로 마무리되었다. 강석호가 선정한 음식점들은

는 상황에 딱 맞는 맛으로 모임의 일원들을 즐겁게 했다. 생각해 보면 강석호와 나의 관계의 적지 않은 토대는 맛에 대한 공감대였던 것 같다. 강석호는 「1983년 늦가을」 글에서 김장에 대한 기억을 환기하면서 〈순지처럼 엷은 이미지에 대한 환영은 입속에서 감도는 맛과 손끝에서 느껴지는 차가움이라는 질감으로 그려지곤 한다〉라고 말한다. 그리고 어머니가 만든 시원하고 아삭아삭한 김치의 맛을 이야기한다. 미감(美感)과 미감(味感)이라는 것은 공감각 속에서 뗄 수 없는 유대 관계에 있는 것이다.

강석호는 그림을 그릴 때도 언제나 대상(재료)을 찾고 기법(조리법)을 고민하며 적절하게 아름다운 맛을 내기 위해 노력했다. 적정한 두께와 올의 리넨 천, 적절한 점도의 물감과 기름, 붓의 굵기와 방향, 얇은 레이어로 쌓아 만드는 미묘한 색조, 때로는 직접 제작한 액자 틀까지 가미하며 자신이 원하는 바로 그 맛을 찾아내는 것이다. 모든 훌륭한 맛이 그러하듯이 그의 회화가 내는 맛의 균형은 무해하며 기분 좋게 하는 아름다움을 담아 오래도록 마음에 남는다. 그것은 모임의 일원들과 함께했던 날씨 좋은 날의 가평 계곡 근처에서 그가 뚝딱 만들었던 붕어찜, 바우하우스 가구들이 있는 그의 작업실에서 내려 주던 커피, 그가 즐겼던 평양냉면의 담백한 맛과도 겹친다. 그의 글 또한 화려하지 않지만 딱 간이 맞는, 잊을 수 없는 그 맛을 담고 있다. 나는 그것이 강석호의 타고난 감각과 그가 매일의 일과 속에서 유지했던 수준 높은 평상심이 어우러진 맛이라고 생각한다.

강석호에 대해 떠오르는 또 하나의 이미지는 걸음걸이이다. 목적을 향해서 전진하는 느낌과는 사뭇 달랐던, 그렇지만 방랑자의 걸음이라고 하기엔 고뇌 없이 산뜻했던, 어떤 기대를 안고 있는 듯한, 그래서 어딘지 모르게 소년 같이 느껴지던 가벼운 걸음걸이였다. 강석호의 글에는 산책 장면이 유독 많이 등장한다. 「3분의 행복」에서도 그는 습관처럼 길을 배회하고, 무작정 길을 따라가 보며, 〈길을 걷다가 다른 곳으로 새는 나의 한심한 모습에 오늘도 어처구니가 없습니다〉라고 말한다. 목적 없는 산책은 그에게 일상의 진부함에서 벗어나 삶의 감각을 되찾고 회화 작업에 대한 영감을 찾는 시간이었을 것이다. 글 속에서도 그는 산책하며 풍경의 여유를 즐기고 바람을 음미하면서, 자신의 시선에 들어온 수많은 장면을 잔잔한 감동을 두고 바라본다.

강석호는 한때 남산 근처에 작업실을 두고 있었는데, 당시 그는 거의 매일 남산을 오른다고 얘기했었다. 「두 번째 산행」(2011~2012)은 이 시기에 쓴 글이다. 이 글에서 강석호는 일을 멈추고 잠시 나가서 자그마한 쉼터의 흙에 그려진 고르게 퍼져 있는 빗질의 방향을 보고, 얼마 전에 부모님 댁 근처의 공원에서 본 한 어르신이 〈정장을 입은 듯 가지런한 모습으로〉 가만히 빗질하는 모습을 기억한다. 또한 남산 입구에 수없이 그려진 많은 빗질과 흙의 굴곡을 볼 때마다 그 낯익은 어르신의 삶을 잠시 생각한다고 언급한다. 산책하면서 그가 보고 생각한 이러한 단상들이 그의 그림으로 들어가서, 특별한 것 없는 사진 속 장면에 다정한 정감을 전하는 일련의 정신적 시공간을 창조한다.

한편 「3분의 행복」에서 강석호는 자신이 직업인으로서의 화가가 맞는가에 대해 의심하는 태도를 드러낸다. 그림을 그리면서 동시에 잡다한 호기심을 누르지 못하고 이것저것을 건드려 보는 자신에 대해 직업인으로서의 혼란이 있다고 말하면서, 〈나의 직업은 즐거울 수 있는 것일까요?〉라고 질문하기도 한다. 또 다른 글 「같은 도시 다른 운명」(2016)은 자유롭게 날아다니던 새가 유리 벽에 갇히는 이야기로 시작되어, 〈작가라는 호칭〉이 붙여진 후의 작가로 사는 삶에 대한 고민으로 이어진다. 나는 이 글에서 유리 벽에 갇힌 새가 곧 사회적 제도에 종속되는 작가에 대한 메타포라고 생각했다. 작가의 삶이라는 것은 일련의 유명세, 작품 판매, 대형 기획전, 안정된 교직 등 사회적 성공을 향하기도 하지만, 그것의 편안함에 종속되는 순간 미지의 지향점을 향해야 하는 작업의 진정한 동력을 잃게 되는 것이다. 그의 글 속에서 〈산책〉과 더불어 〈취미〉라는 말이 자주 등장하는 것은 취미 상태가 안겨 주는 호기심과 즐거움을 유지하는 것이 그의 작업에서 매우 중요했기 때문이다.

작가로서의 일상적 삶이 무미건조한 직업인의 제도적 얼굴을 닮아가는 것을 경계하기 위해, 그는 디자인 가구 수집, 등산, 낚시, 독서, 음악 감상, 여행, 자전거 타기, 캠핑 등 수많은 취미 활동을 지속했다. 그가 작업실 밖에서 보내는 일과는 작업실에서의 시간을 틀에 가두지 않고 무중력의 자유로움을 유지하는 방편이었을 것이다. 강석호의 그림에서 느껴지는 한가한 여유로움은 바로 이러한 태도에서 나온다. 그는 자신이 만든 이 여유롭고 즐거운 세계 속으로 지인들을 기꺼이 초대했다. 늘 해야 할 과제에 시달리며 현재의 즐거움을 유보해 왔던 나 역시 그 세계의 혜택을 누린 사람 중 하나이다. 종강 무렵의 바쁜 와중에도 학생들과의 바비큐를 즐거운 마음으로 직접 준비했던 그의 모습이 특별히 기억에 남는다.

한마디로 강석호는 삶을 〈음미〉하는 사람이었다. 탐미하는 것과 음미하는 것은 질적으로 다르다. 탐미에는 대상을 취하려는 욕망이 내포되지만, 음미에는 평상심을 유지하며 관조할 수 있는 일정한 거리가 필요하기 때문이다. 관조할 수 있는 거리에 대한 문제는 본다는 것, 그리고 관계의 문제와도 직결된다. 강석호는 2017년 페리지 갤러리에서의 개인전을 준비하면서 이러한 지점을 고민했고, 커플의 눈 부분을 크게 확대한 연작을 통해 거리를 상실한 관계의 문제를 제기했다. 이 전시의 도록에 수록된 글 「봄」(2017)에서 그는 〈눈먼 자들〉에 대해 언급한다. 그들이 〈스스로 선택한 부분적인 정보를 인식 작용의 개념화를 통해 비교하고 분석〉한다고 언급하면서, 〈그들은 대상을 사유화하는 방법으로 인하여 눈이 멀었고〉라고 말한다.

그는 이어서 그가 사랑했던 반려견 R2와의 첫 산책 경험에 대해서 언급한다. R2와 눈빛을 교환하면서 느낀 감정에 대해서 〈그것은 오랜 시간의 경험을 통해 서로 합의한 그 무엇처럼 무심하고 조용하다〉라고 말하고 있다. 그 무심하고 조용한 상태, 나는 강석호의 그림이 바로 이런 상태를 추구했다고 생각한다. 대상을 점유하려는 힘겨루기를 하지 않고, 판단하지 않으며,

무심하지만 다정하게 함께 있는, 그대로의 존재의 상태. 그가 이동훈 작가의 개인전 서문 「움켜쥔 나무」(2019)에서 언급한 불상처럼, 〈잔잔하게 스며드는 감동을 오래도록 가슴 한편에 머물게〉 할 수 있는 상태일 것이다. 그것은 개념화된 지식의 체계로는 결코 전할 수 없는, 삶을 사는 자의 풍부하게 충만한 시적인 상태이다.

강석호의 글 「늙은 여인의 초상」(2018)은 그가 좋아했던 그림과의 대화를 담고 있다. 2017년 유럽 여행 중 방문했던 베니스의 아카데미아 미술관에서 본 조르조네의 「늙은 여인」 앞에서 오래 머물면서 생각한 내용이었을 것이다. 당시 강석호는 나를 포함한 일원들과 함께 피에로 델라 프란체스카의 벽화를 보러 산세폴크로와 아레초를 방문했는데, 아레초에서 헤어지면서 자신은 베니스 비엔날레보다 조르조네와 티치아노를 보기 위해 베니스에 간다고 말했었다. 〈당신은 무엇을 보고 있습니까?〉, 〈당신은 진정 누구입니까?〉, 〈Col Tempo는 당신에게 무엇을 의미합니까?〉, 〈얼굴에 드리운 그림자도 당신입니까?〉 그의 질문들에 대해 아무런 말도 없는 조르조네의 초상화 앞에서 강석호는 본다는 것에 대해, 대상에 대해, 그림의 시공간에 대해, 색에 대해, 질감에 대해, 그린다는 것에 대해, 더 나아가 시간과 늙음과 죽음에 대해 곰곰이 생각했을 것이다. 그리고 이처럼 삶과 이미지에 대한 신비로운 수수께끼가 가득하지만 아무런 말이 없는 조용한 그림을 그리고 싶다고 생각했을 것이다. 강석호의 유작이 된 큐브 연작에는 정물을 통해 무한한 시간과 공간에 대해 질문하고 탐구하려던 이러한 태도가 담겨있다. 내게 〈갈 길이 멀다〉라고 애기했던 그 여정이 계속 이어지지 못한 것이 못내 안타깝다.

우리 역시 이제는 이 세상에 그림으로만 남아 있는 강석호가 추구했던 세계를 바로 그 그림을 통해서 본다. 회색 양복을 입은 한 남자가 지친 걸음으로 걸어온다. 더위를 잊게 하는 미풍이 무거운 옷자락을 스치고, 투명한 대기와 햇빛이 옷의 표면 위에 반사되며 공기가 통하듯 가벼워진다. 따분한 생활의 무게가 사라지고 무심하고 조용하며 한가로운 시간이 흘러간다. 밋밋하면서도 기분 좋은 맛이 느껴진다. 일상을 바라보고 음미하는 아름다운 거리가 담긴 이런 그림을 통해서, 우리는 일상 속의 자유를 얻는다. 강석호가 우리에게 남긴 선물이다. 강석호가 즐겨 읽어 낡아 버린 책 중 하나인 오르한 파묵의 수필집 『다른 색들』 속 한 구절을 인용하며, 그를 회고하는 두서없는 글을 마친다.

그리고 잘 쓰고 있다면 그러니까 전화벨 소리, 질문, 요구, 그리고 일상생활의 지루함에서 벗어났다면, 내 소설을 통해 다다른 자유와 무중력과 천국의 규칙들, 어린 시절의 놀이들을 떠올립니다. 모든 것이 단순해져서, 이 단순함 속에서, 유리로 만들어져 안에 있는 것들을 드러내 주는 집들. 자동차들, 배들, 건물들처럼 비밀을 말해 주기 시작합니다. 감각적으로 이 규칙들을 듣고 적는게 나의 일입니다.

그것은 〈보는 것〉에 관한 것입니다. 난, 보는 행위를 무척 좋아하는 동시에 쉽사리 피곤해합니다.[1]

강석호의 말처럼, 그는 다른 이들이 주목하지 않는 부분을 오래 쳐다보는 습관을 통해 포착한 이미지를 그렸다. 1999년 카페에서 마주 앉은 친구의 스웨터 일부를 그린 드로잉에서 시작하여, 인물 사진을 크롭하거나 확대하여 회화를 위한 구도를 미리 설정한 후 회화로 옮겼다. 특히 그는 의복의 무늬, 색, 질감, 옷 주름과 같은 요소들을 회화의 조형적 조건으로 활용했다. 이러한 방식으로 강석호는 일상의 장면에서 복잡다단한 현실의 서사를 탈각시킨 채 말 없는 풍경과도 같은 회화의 세계를 창조했다. 이 연작은 인물의 특성이 소거되었다는 점에서도 인물화가 아닌 풍경화에 가깝다. 강석호는 흰 바지나 청바지를 입은 뒷모습을 그린 자신의 그림에 대해 백자, 한국의 바위 풍경을 생각하면서 그렸다고 언급했다.[2] 쉽게 접할 수 있는 평범한 일상의 장면이 작가의 시선에 의해 재편되어, 그림 바깥의 세계를 지시하기보다 작가의 상상과 심상, 조형 감각이 투영된 회화의 세계로 전이된 것이다.

강석호는 직접 찍거나 잡지와 인터넷 등에서 찾은 사진들을 회화의 소재로 사용했다. 그는 사진을 크롭하는 구도 이상으로

1 강석호, 「3분의 행복」(2012) 중에서 인용.

2 이은주, 「강석호와의 인터뷰」, 『강석호』 개인전 도록(서울: 16번지, 2012), 23.

회화의 표면을 중시했는데, 원본 사진과 강석호의 회화를 비교해 보면 소재가 된 원본 사진의 장면이 어떻게 풍부한 물성을 가진 회화의 표면으로 변화되었는지 알 수 있다. 강석호는 천의 질감과 물감의 흡수성을 고려하여 특정한 두께와 올을 가진 리넨 천을 고집하였고, 천의 밀도와 상호 작용하여 그만의 미묘한 균형을 만들어 내는 최적의 물감 배합과 붓질의 조합에 의한 회화의 〈맛〉을 무엇보다 중시하였다. 이를 위해 충실한 밑 작업을 한 후 유화 물감을 묽게 쌓아 올리면서 균질한 붓질로 부드럽게 천을 채우는 작법을 썼는데, 결과적으로 충분한 밀도가 있으면서도 마치 천을 직조한 듯한 자연스러운 질감과 함께 표면에 빛과 공기가 흐르는 듯한 부드럽고 투명한 미감이 생겨났다. 이로써 원본 사진에는 없었던 강석호 작업 특유의 담백하고 여유로운 서정성이 나타난다.

여자 친구랑 커피를 마시다가 그녀가 입고 있던 카디건하고 스웨터를 펜과 냅킨을 이용하여 펜으로 드로잉을 한 지 꽤 오랜 시간이 지나가 버렸다. 그리고 지금은 그냥 시사 주간지에 나온 인물들의 제스처를 골라서 작업을 진행해 나간다.[3]

강석호는 2008년부터 시사 주간지나 뉴스에 나오는 인물들의 몸짓을 소재로 한 제스처 연작을 시작했다. 원본 사진에서의 정치적 맥락은 제거되었지만, 스포트라이트를 받는 위치에 있는 인물들의 웅변적 몸짓이 드러난다. 화면에 동작이 들어감으로써 생겨난 동세 표현은 새로운 회화적 과제였다. 얼굴이 없고 인물의 복장이 여전히 회화의 요건이 된다는 점에서는 이전 작업의 연장선에 있지만, 제스처 연작에서는 인물의 복장이 몸짓과 연동되어 인물의 특성을 드러내는 요소로 작용한다. 또한 이 연작은 전 작품이 모노 톤으로 그려짐으로써 세부적인 디테일보다 몸짓 자체의 극적 효과에 집중시키며, 지속적 시간이 동결된 것 같은 시간성이 나타난다. 인물들은 그 몸짓으로 인해 얼굴이 없음에도 불구하고 흡사 연극 무대의 주인공처럼 보인다. 이러한 점에서 제스처 연작은 풍경화처럼 그려진 의복 연작과 달리, 인물화에 관한 본격적 탐구라고 할 수 있다.

내가 고민하는 〈관계〉라는 테제는 어쩌면 회화라는 형식 이전에 사람에 관한 그 무엇이었을지 모른다.[4]

강석호는 2016년부터 영화 속 커플의 장면이나 소셜네트워크에 공개된 커플 사진을 소재로 한 커플 연작을 시작했다. 이 연작은 단일 화면 안에 하나의 대상을 그리는 종전의 방식에서 벗어난 시도로써, 회화의 평면 안에서 이질적 대상 간의 시각적 균형을 만들어 내야 하는 회화적 과제를 스스로 던졌다. 강석호는 이 연작에서 커플들의 눈 부분을 확대하여 크롭하는 구도를 주로 썼는데, 이는 본다는 것에 대한 당시 작가의 고민을 투영한 것으로

3 강석호, 「알음과 모름」(2008년경).

4 강석호, 「무제」(2015).

볼 수 있다. 당시 강석호는 가시적인 것만을 인식하고 개념화하며 대상을 타자화하는 시각 중심적 사고방식에 대한 문제의식을 느꼈다.[5] 이 연작은 거대하게 확대된 그림 속 인물들의 눈이 관람자를 무감정하게 정면 응시하고 있는 느낌을 안겨 준다. 관람자는 지나치게 가깝고 무감동한 응시가 만들어 내는 불편함에 맞닥뜨리게 된다. 이러한 시도는 타인과의 관계에 대한 그의 고민을 반영한 것이기도 하다. 강석호는 커플 연작을 진행하면서 점차 커플을 한 사람처럼 보이도록 했고, 마치 일식처럼 두 인체의 부분이 완벽하게 겹쳐 하나처럼 보이는 커플의 초상에 이르렀다.

피에로 델라 프란체스카를 찾으러 가서
조르조네를 알았고 조르조네가 궁금해서 마주한
그곳에서 틴토레토를 봤으며, 틴토레토를 알고 싶어서 다가간
거기엔 티치아노가 내 눈앞에 있었다.[6]

강석호는 현대 미술의 최신 트렌드를 의식하기보다 동서양의 전통적인 회화 거장들의 작품을 자기 나름의 방식으로 연구하면서 작업이 나아가야 할 방향을 탐색하는 작가였다. 그는 거장들의 누드화에서 살결의 표현을 위한 색감과 붓질을 배우는 한편, 사진의 부분을 크롭하는 그 특유의 구도를 활용하여 인체의

5 〈대상을 사유함은 보는 것으로 시작되지만 보는 행위만으로 모든 것이 인식되진 않는다.〉 강석호, 「봄」(2017) 중에서.
6 강석호, 『다이알로그 - 강석호, 노충현, 서동욱』, 전시 도록(서울: 수애뇨339, 2018), 9.

피부를 중심으로 그린 새로운 방식의 누드화를 실험했다. 이 연작들은 누드 상태의 대상을 그린 것이 아니라, 누드화에서 중요한 요소인 피부 표현에 집중하기 위해 인물의 부분을 크롭하는 구도에 의해 누드처럼 되었다는 점이 흥미롭다. 인체의 양감보다 피부색과 표면의 촉각에 집중하면서 강석호 특유의 고졸미, 즉 덜 기교적이고 소박한 미감이 가미되었다는 점도 그가 참고한 전통적 누드화와 다른 점이다. 작고 직전 인물화를 주제로 한 그룹 전시를 위해 준비했던, 배꼽 부분을 확대한 연작은 그의 유작이 되었다.

나는 오랜 기간 시간이 무엇인지, 어떤 것인지, 나에게 어떤 의미인지, 그 본질에 다가가려 했다.[7]

강석호의 작품 중에는 루빅큐브와 인물이 함께 등장하는 그림이 여럿 있다. 루빅큐브는 그리드 구조를 기반으로 다양한 색의 조합이 가능하기에, 회화 평면 안에서 구성과 장식성을 풍부하게 하는 기능을 한다. 이러한 특성으로 인해 큐브는 강석호의 작업 초기부터 여성의 목걸이와 마찬가지로 자주 활용된 소재였다. 강석호는 누드화에 이어 정물화를 연구하면서 큐브를 그 대상으로 삼았다. 2019년부터 본격적으로 시작된 큐브 정물화 연작은 작고 직전까지 진행형에 있던 연작으로, 이전과 달리 사진을 활용하지 않고 대상을 직접 그린 연작이다. 그는 커플 연작에서 다루었던

7 강석호, 「사물과 사건의 기억」, 『박노완 - 전현선』, 전시 도록(서울: 윌링앤딜링, 2020), 4.

관계의 문제를 서로 다른 큐브 간의 상호 역학, 큐브라는 대상과 그것이 놓인 배경과의 관계로 확장해갔다. 이를 위해 강석호는 미술사에서 시공간을 다룬 기법의 선례들을 연구하는 한편, 평소 관심을 가져왔던 천체의 행성 주기를 큐브와 연동시켰다. 가시적인 것을 재현하는 것을 넘어, 큐브 퍼즐의 무수한 조합 가능성을 상상하면서 정물과 시공간의 문제를 탐구한 것이다. 결과적으로 그가 그린 작업실 안의 큐브들은 정지된 사물이 아니라, 무한한 시공간 속에서 복잡한 함수 관계를 맺으며 움직이는 존재들처럼 보인다.

도판 목록

002. (34p) 무제, 리넨에 유채, Oil on linen, 53×72.5cm, 2020
003. (36p) 무제, 리넨에 유채, Oil on linen, 45×43cm, 2015
004. (38p) 무제, 리넨에 유채, Oil on linen, 43×45cm, 2012

망각된 사물의 기억

001. (40p) 무제, 리넨에 유채, Oil on linen, 51.1×54cm, 2011
002. (42p) 무제, 리넨에 유채, Oil on linen, 103×97cm, 연도 미상
003. (44p) 무제, 리넨에 유채, Oil on linen, 40×40cm, 2016
004. (46p) 무제, 리넨에 유채, Oil on linen, 30×30cm, 2016
005. (48p) 무제, 리넨에 유채, Oil on linen, 155×165cm, 2012, 국립현대미술관 미술은행 소장
006. (50p) 무제, 리넨에 유채, Oil on linen, 204.5×195cm, 2007
007. (52p) 무제, 리넨에 유채, Oil on linen, 54×51cm, 2012
008. (54p) 무제, 리넨에 유채, Oil on linen, 165×150cm, 2017
009. (56p) 무제, 리넨에 유채, Oil on linen, 40×40cm, 2016
010. (58p) 무제, 리넨에 유채, Oil on linen, 45×43cm, 2021
011. (60p) 무제, 리넨에 유채, Oil on linen, 97×103cm, 2019
012. (62p) 무제, 리넨에 유채, Oil on linen, 91×91cm, 연도 미상
013. (64p) 무제, 리넨에 유채, Oil on linen, 91×91cm, 2010

늙은 여인의 초상

001. (66p) 무제, 리넨에 유채, Oil on linen, 91.8×76cm, 2015
002. (68p) 무제, 리넨에 유채, Oil on linen, 61×79cm, 연도 미상
003. (70p) 무제, 리넨에 유채, Oil on linen, 72.7×72.7cm, 2015

알음과 모름

001. (72p) 무제, 리넨에 유채, Oil on linen, 145.3×160cm, 1999
002. (74p) 무제, 리넨에 유채, Oil on linen, 45×43cm, 2012

봄

001. (76p) 무제, 리넨에 유채, Oil on linen, 45×43cm, 2015
002. (78p) 무제, 리넨에 유채, Oil on linen, 54×51cm, 2012
003. (80p) 무제, 리넨에 유채, Oil on linen, 43×45cm, 2019
004. (82p) 무제, 리넨에 유채, Oil on linen, 45×43cm, 2012
005. (84p) 무제, 리넨에 유채, Oil on linen, 94×94cm, 2010

같은 도시 다른 운명

001. (86p) 무제, 리넨에 유채, Oil on linen, 38×52cm, 2019
002. (88p) 무제, 리넨에 유채, Oil on linen, 195×190cm, 2017
003. (90p) 무제, 리넨에 유채, Oil on linen, 190×195cm, 연도 미상
004. (92p) 무제, 리넨에 유채, Oil on linen, 103×97cm, 연도 미상
005. (94p) 무제, 리넨에 유채, Oil on linen, 45×43cm, 2017

두번째 산행

001. (96p) 무제, 리넨에 유채, Oil on linen, 53×33.5cm, 2012
002. (98p) 무제, 리넨에 유채, Oil on linen, 103×97cm, 연도 미상
003. (100p) 무제, 리넨에 유채, Oil on linen, 42.7×45.1cm, 연도 미상
004. (102p) 무제, 리넨에 유채, Oil on linen, 64×60cm, 연도 미상
005. (104p) 무제, 리넨에 유채, Oil on linen, 103×97cm, 2009

3분의 행복

001. (106p) 무제, 리넨에 유채, Oil on linen, 225×204.7cm, 2004
002. (108p) 무제, 리넨에 유채, Oil on linen, 234.5×205cm, 2005
003. (110p) 무제, 리넨에 유채, Oil on linen, 155.3×165cm, 연도 미상
004. (112p) 무제, 리넨에 유채, Oil on linen, 155×165cm, 2000
006. (116p) 무제, 리넨에 유채, Oil on linen, 215×205cm, 2003
009. (122p) 무제, 리넨에 유채, Oil on linen, 45×43cm, 2012
010. (124p) 무제, 리넨에 유채, Oil on linen, 215×205cm, 2001, 서울시립미술관 소장
011. (126p) 무제, 리넨에 유채, Oil on linen, 155×165cm, 2008, 서울시립미술관 소장
012. (128p) 무제, 리넨에 유채, Oil on linen, 215×205cm, 2006, 미메시스 아트 뮤지엄 소장

1983년 늦가을

001. (130p) 무제, 리넨에 유채, Oil on linen, 34×41cm, 연도 미상
002. (132p) 무제, 리넨에 유채, Oil on linen, 91×91cm, 2013
003. (134p) 무제, 리넨에 유채, Oil on linen, 76×92cm, 2016
004. (136p) 무제, 리넨에 유채, Oil on linen, 99.5×79.8cm, 2012
005. (138p) 무제, 리넨에 유채, Oil on linen, 73×73cm, 2016
006. (140p) 무제, 리넨에 유채, Oil on linen, 60×77cm, 2012
007. (142p) 무제, 리넨에 유채, Oil on linen, 103×97cm, 2019
008. (144p) 무제, 리넨에 유채, Oil on linen, 54×51cm, 2012
009. (146p) 무제, 리넨에 유채, Oil on linen, 54×51cm, 2012
010. (148p) 무제, 리넨에 유채, Oil on linen, 35×45cm, 연도 미상

대상으로부터 멀어지기

001. (150p) 무제, 리넨에 유채, Oil on linen, 205×85cm, 2008

002. (152p) 무제, 리넨에 유채, Oil on linen, 165×155cm, 2000

003. (154p) 무제, 리넨에 유채, Oil on linen, 270×155cm, 2001

불확실한 관계에 대한 사색

001. (156p) 무제, 리넨에 유채, Oil on linen, 105×97cm, 연도 미상

유토피아, 이상에서 현실로

001. (158p) 무제, 리넨에 유채, Oil on linen, 209.5×95cm, 연도 미상

002. (160p) 무제, 리넨에 유채, Oil on linen, 54×51cm, 연도 미상

003. (162p) 무제, 리넨에 유채, Oil on linen, 53.2×41cm, 2020

004. (164p) 무제, 리넨에 유채, Oil on linen, 70×200cm, 2020

당신에게

001. (166p) 무제, 리넨에 유채, Oil on linen, 43×45cm, 2016

002. (168p) 무제, 리넨에 유채, Oil on linen, 95×89cm, 2016

003. (170p) 무제, 리넨에 유채, Oil on linen, 72.7×72.7cm, 2015

당신이 현실을 묻는다면 모른다로 말할것이다

001. (172p) 무제, 리넨에 유채, Oil on linen, 100×95.5cm, 2011, 개인 소장

002. (174p) 무제, 리넨에 유채, Oil on linen, 160×195.2cm, 2000

003. (176p) 무제, 리넨에 유채, Oil on linen, 54×51cm, 2014

004. (178p) 무제, 리넨에 유채, Oil on linen, 24×24cm, 2012, 개인 소장

겹겹겹

001. (180p) 무제, 리넨에 유채, Oil on linen, 48.3×43.2cm, 2020

002. (182p) 무제, 리넨에 유채, Oil on linen, 53×73cm, 2020

무제

001. (184p) 무제, 리넨에 유채, Oil on linen, 45×43cm, 2015

002. (186p) 무제, 리넨에 유채, Oil on linen, 50×50cm, 연도 미상

무제

001. (188p) 무제, 리넨에 유채, Oil on linen, 43×45cm, 2012

한국의 그림 — 매너에 관하여

001. (190p) 무제, 리넨에 유채, Oil on linen, 205×85cm, 2008
002. (192p) 무제, 리넨에 유채, Oil on linen, 205×85cm, 2008
003. (194p) 무제, 리넨에 유채, Oil on linen, 205×85cm, 2009
004. (196p) 무제, 리넨에 유채, Oil on linen, 205×75cm, 2003

사물과 사건의 기억

001. (198p) 무제, 리넨에 유채, Oil on linen, 215×205cm, 2013
002. (200p) 무제, 리넨에 유채, Oil on linen, 60×64cm, 2020
003. (202p) 무제, 리넨에 유채, Oil on linen, 40×40cm, 2018

움켜진 나무

001. (204p) 무제, 리넨에 유채, Oil on linen, 114×92cm, 연도 미상
002. (206p) 무제, 리넨에 유채, Oil on linen, 53.3×65cm, 연도 미상
003. (208p) 무제, 리넨에 유채, Oil on linen, 73×73cm, 2016
004. (210p) 무제, 리넨에 유채, Oil on linen, 45.5×53cm, 연도 미상, 개인 소장

무제

001. (212p) 무제, 리넨에 유채, Oil on linen, 103×97cm, 2008
002. (214p) 무제, 리넨에 유채, Oil on linen, 103×97cm, 2008
003. (216p) 무제, 리넨에 유채, Oil on linen, 103×97cm, 2008
004. (218p) 무제, 리넨에 유채, Oil on linen, 103×97cm, 2008
005. (220p) 무제, 리넨에 유채, Oil on linen, 103×97cm, 2008
006. (222p) 무제, 리넨에 유채, Oil on linen, 30×30cm, 2010
007. (224p) 무제, 리넨에 유채, Oil on linen, 89×59.5cm, 2019
008. (226p) 무제, 리넨에 유채, Oil on linen, 43×45cm, 2018
009. (228p) 무제, 리넨에 유채, Oil on linen, 55×55cm, 2019
010. (230p) 무제, 리넨에 유채, Oil on linen, 43×45cm, 2015
011. (232p) 무제, 리넨에 유채, Oil on linen, 43×45cm, 2016

우리의 노화는 토끼보다 빠르다

001. (234p) 무제, 리넨에 유채, Oil on linen, 91×91cm, 2020
002. (236p) 무제, 리넨에 유채, Oil on linen, 36.5×34cm, 연도 미상

지은이 **강석호**
서울대학교 조소과를 졸업하고 뒤셀도르프 쿤스트 아카데미의 마에스터슐러(얀 디베츠Jan dibbets 교수 사사)를 졸업했다. 2000년 스위스 바젤의 UBS 아트 어워드를, 2004년 한국 서울의 석남미술상을 수상했고, 2008년 국립현대미술관의《젊은 모색》작가로 선정됐다. 2003년부터 2020년까지 인사미술공간, 금호미술관, 미메시스 아트 뮤지엄 등에서 16회의 개인전을 개최했고, 2008년 금호미술관의《유토피아, 이상에서 현실로》와 아트스페이스3의《이것을 보는 사람도 그것을 생각한다》등 다수의 전시를 기획했다. 2018년에서 2021년까지 서울과학기술대학교 교수로 재직했다.

3분의 행복

지은이 강석호
기획 이지민 서울시립미술관 학예연구사
사진 전병철
발행인 홍예빈·홍유진 **발행처** 미메시스
주소 경기도 파주시 문발로 253 파주출판도시
대표전화 031-955-4000 **팩스** 031-955-4004
홈페이지 www.openbooks.co.kr **email** webmaster@openbooks.co.kr

ISBN 979-11-5535-282-3 03810 **발행일** 2023년 3월 1일 초판 1쇄

• 이 책은 서울시립미술관 서소문본관에서 2022년 12월 15일부터 2023년 3월 19일까지 열린《강석호: 3분의 행복》전시와 연계하여 발행된 단행본입니다.
• 이 책은 장평순 님의 서울시립미술관 연구출판 발전 후원금의 일부 지원을 받았습니다.